LE JOUR DE L'ENFANT TUEUR

Il y a 35 000 ans, les Anâanni vivaient paisiblement au bord d'un lac de montagne. Un jour, deux femmes ohihani et un homme étrange, aux lèvres cousues et au nez traversé d'une pointe d'os, viennent leur proposer un curieux troc : plusieurs hommes de leur clan ont été tués à la chasse et les Ohihani souhaitent échanger deux de leurs femmes contre le plus fort et le plus vigoureux des Anâanni. Après de longues et fatigantes épreuves, c'est Ahorn qui est désigné pour aller vivre sous les huttes des Ohihani, un sort qu'il accepte volontiers car il sait qu'il y retrouvera Ene'a.

Mais une fois là-bas, la réalité est tout autre et Ahorn comprend qu'il a été berné. Ene'a a été enlevée par des chasseurs ohisihan, et les hommes n'ont pas été tués, mais transformés en *nokh*, des créatures au nez transpercé et à la bouche cousue qui portent en elles les forces mauvaises et invisibles de la terre.

Commence alors pour Ahorn une mission périlleuse : tenter de délivrer les hommes *nokh* et reprendre Ene'a aux Ohisihan. Mais Ene'a a-t-elle vraiment été enlevée ?

Pierre Pelot est né en 1945 dans les Vosges, où sont situés plusieurs de ses romans. Il est l'auteur de nombreux ouvrages appartenant à tous les genres, et notamment de L'Été en pente douce *qui a fait l'objet d'une adaptation cinématographique. Il publie actuellement chez Denoël le cycle romanesque* Sous le vent du monde *qui couvre les deux millions d'années du paléolithique. Avec* Le Jour de l'enfant tueur *s'ouvre une nouvelle saga préhistorique.*

LE LIVRE DE AHORN

Pierre Pelot

LE JOUR DE L'ENFANT TUEUR

ROMAN

Éditions du Seuil

TEXTE INTÉGRAL

ISBN 2-02-034908-6

1

C'étaient deux femmes ohihani, de la rivière que l'on peut traverser en marchant. Un homme, ohihani lui aussi, venait derrière elles. Il allait du même pas. Lorsqu'elles marquaient de loin en loin une pause pour reprendre leur souffle, il faisait de même et gardait entre elles et lui une distance de quelques enjambées.

Ils gravissaient la montagne.

Une pluie fine lustrait les feuilles des arbres et léchait le pelage des peaux de chèvres qui vêtaient les marcheurs, dans la lumière chaude et brillante d'un jour tranquille des soleils hauts.

Beaucoup de saisons voûtaient les épaules d'une des deux femmes, tannaient son visage comme une écorce rude, teintaient de gris les mèches de cheveux plaquées sur son crâne et les quelques longs poils piquant sa lèvre supérieure. Les pierres percées, cliquetantes, enfilées sur un tendon, étiraient le lobe de ses oreilles jusqu'au bas du cou. Sous l'affaissement des paupières fripées, son regard dur, presque sans couleur, semblait ne rien voir des proches alentours. Elle allait, les bras ballants et les mains vides, à une allure égale, sans hésiter ni regarder où elle posait ses larges pieds nus, comme inéluctablement tirée vers son but.

L'autre femme marchait tantôt derrière elle, tantôt à sa hauteur. Elle était aussi massive et grosse que la première était sèche et maigre. Les peaux qui la couvraient étaient tendues sur ses fesses et ses hanches larges, sa poitrine volumineuse. À peine plus d'une moitié des saisons vécues par sa compagne était passée devant ses yeux couleur d'eau profonde. Une lanière retenait ses cheveux épais au sommet du crâne en une touffe dressée. Des scarifications obliques barraient ses joues rebondies. C'était elle qui ponctuait la montée de pauses, ses lèvres épaisses entrouvertes, une main sur sa vaste poitrine comme pour apaiser la brûlure de son souffle, l'autre crispée sur son bâton de marche.

Et puis l'homme.

En taille, il dépassait de deux têtes la plus jeune (et la plus grosse) des femmes, l'égalait sans doute en poids. Fort, il avait les épaules noueuses, le torse épais, et des jambes courtes et musculeuses. Maintenue à sa taille par une large lanière, une peau de grand chevreuil passée entre ses cuisses retombait sur son ventre et dans son dos jusqu'aux genoux. Il était le seul à porter des bottes de peaux lacées jusqu'à la pliure de la jambe. Une dépouille de cerf lui faisait une longue cape nouée sur les épaules, et à sa ceinture était fixée une vaste poche, semblable à celle de la femme aux cheveux gris, mais dont le contenu était visiblement plus lourd. Des bracelets de lanières garnies de petits tubes d'os d'oiseau ceignaient ses poignets. La pluie, qui avait partiellement décoloré sa chevelure abondante frottée de terre rouge, trempait son front et ses pommettes, traçait des coulées sinueuses dans sa barbe clairsemée.

Un os creux traversait sa cloison nasale, lui retroussant les narines ; un autre, plat, appointé, perçait ses lèvres que maintenait bord à bord une fine lanière de tendon nouée à chaque extrémité de la fiche. Sa respiration chuintait derrière l'os de son nez et par les commissures de ses lèvres cousues. Il portait cette agrafe d'os et de tendon depuis suffisamment de temps pour que les chairs refermées sur les plaies ne portent plus la trace croûteuse du perçage.

L'homme progressait sans hâte, sans effort, comme si son seul souci eût été de garder la distance entre lui et les deux femmes, que son regard semblait traverser sans les voir – un regard aussi vide et indifférent que celui de la femme aux cheveux gris. Il portait en bandoulière, sous sa cape, en travers de son dos, plusieurs épieux dont les pointes d'os et de lames de pierre se dressaient à une longueur de bras, et il tenait un autre long bâton d'au moins deux fois sa taille, simplement taillé et durci au feu.

Ils atteignirent le sommet au plus haut soleil de ce jour-là. La pluie interrompue un instant plus tôt ne gouttait plus que des ramures, et les boursouflures déchirées des nuages s'écartaient lentement.

À l'instant où ils quittèrent la lisière, l'éblouissement déferla, embrasant d'un feu sans flamme les pans de la forêt environnante et les ondoiements des talus herbeux qui plongeaient vers le lac. La chaleur, libérée de la gangue nuageuse, s'abattit tout à coup, soulevant dans ces ombres caressantes des poussières qui montaient et se dissolvaient dans une lumière émanant tout à la fois du ciel et de son reflet étincelant à la surface du grand lac.

Après avoir marqué un temps d'arrêt, les deux femmes avancèrent, lentement, celle aux cheveux gris la première, la grosse ensuite. Elles traversèrent la partie du talus d'herbes hautes courbées par la pluie jusqu'à une extrémité rocheuse, au bord de laquelle elles s'immobilisèrent. Le regard de la plus vieille avait changé : elle voyait ce vers quoi elle avait marché sans faillir depuis qu'elle avait quitté les Ohihani du bord de la rivière. Les femmes s'accroupirent.

Derrière elles, appuyé des deux mains sur son long bâton fiché en terre, l'homme demeura debout, immense dans la lumière, les yeux plissés, sa lippe cousue esquissant un sourire figé et sans joie. Enfin, lui aussi s'accroupit et posa son bâton. Comme les deux femmes à quelques pas au bord de l'avancée rocheuse, il regarda le lac en contrebas.

Il regarda ce qui avait changé sur la rive, entre le blanc reflet du ciel sur l'eau et les sombres frondaisons de la forêt. Leur précédente venue remontait non pas aux dernières feuilles tombées mais à celles d'avant.

La trouée déboisée était plus importante. Les huttes de perches recouvertes de peaux et disposées en demi-cercle sur la partie élevée de la berge, face à l'eau, étaient maintenant réunies et n'en faisaient plus qu'une, massive, en forme de coude avec deux entrées visibles, et d'autres peut-être sur le côté extérieur donnant sur la forêt. De la fumée montait d'un trou dans le toit voûté comme l'échine d'un gros animal endormi. Un autre foyer venait d'être allumé à l'orée des arbres, et la fumée sombre et épaisse qui s'élevait à travers les cimes révélait un feu de branchages mouillés. Des coups frappés avec une pierre sur un tronc résonnèrent soudain, réguliers.

Les Anâanni de la grande eau paisible allaient et venaient autour de la hutte. Devant, sur le terre-plein, un groupe de femmes, aidées par des enfants, semblaient dépecer un gibier. Des hommes s'activaient de l'autre côté, entre l'abri et la forêt, poursuivant l'abattage de quelques arbres. Bientôt, certains apparurent à découvert, tirant un tronc en partie ébranché. On entendait leurs cris, leurs ahans, les piaillements des enfants venus encourager leurs efforts. Les femmes se joignirent au groupe. Moins nombreux que les doigts d'une main, d'autres enfants, indifférents à l'entreprise commune, se tenaient perchés sur la berge rocheuse à l'extrémité de l'enclave défrichée ; ils fabriquaient quelque chose avec des branchettes écorcées, s'interrompant pour jeter des cailloux dans l'eau, ou se poursuivre autour de la roche en poussant des cris aigus.

Depuis l'avancée de roche surplombant la pente, les deux femmes accroupies et l'homme aux lèvres cousues regardaient. De temps en temps, ils éloignaient d'un geste bref les mouches venues des taillis proches. Quand la plus vieille hochait la tête, les petites pierres pendues à ses oreilles s'entrechoquaient avec un léger bruit.

Après que ceux d'en-bas eurent halé le tronc jusque devant l'abri, plusieurs hommes peaufinèrent l'ébranchage. Les coups de pierres tranchantes emmanchées de bois lourd résonnèrent dans le silence auréolé de lumière. Le feu en lisière derrière l'abri s'éteignait sans que personne ne cherche à le ranimer. Les femmes retournaient à leurs tâches ; certaines, devant la grande hutte, écharnaient la peau dépouillée ; d'autres, suivies par la petite meute des enfants, découpaient le gibier éviscéré au bord de l'eau ; d'autres encore rentraient sous l'abri.

Les nuages s'étaient presque complètement dispersés, comme des fumées blanches éparpillées dans le bleu éclatant. La chaleur pesait sur les vapeurs de la terre qui s'élevaient encore de la forêt.

Alors, la femme aux pierres d'oreilles hocha la tête et fit entendre un bruit de gorge sourd ; l'autre l'aida à se remettre debout, et quand elle fut sur ses jambes, les plis de son vêtement encore humides collant à son corps, elle adressa un signe à l'homme, lui aussi debout.

Il se mit aussitôt à ramasser des touffes de genêts secs et de bruyères des saisons précédentes, des branches mortes, et en fit un tas au bord de la roche. Ses gestes étaient précis, ses mouvements coulés. À un moment, il dénoua la peau de cerf qu'il laissa glisser à terre, et continua d'entasser branchages et broussailles. Les deux femmes le laissaient faire, suivant négligemment la progression de son travail.

Quand le tas fut aussi haut que lui, l'homme y ajouta des herbes arrachées alentour et des branches de buissons avec leurs feuilles. Ensuite, il disposa au pied du tas un petit monticule de feuilles sèches et de mousse. Puis il attendit.

Son silence fit tourner la tête des femmes, et celle aux cheveux pâles lui adressa un nouveau hochement de tête.

Il fouilla dans la poche pendue à la lanière qui ceignait sa taille, en extirpa les bâtons à feu – l'un plat et creux, noirci sur toute la longueur de sa rainure centrale, et l'autre pour frotter –, et prit un peu de poussière de champignon dans une peau souple de lapin des neiges. Il frotta vigoureusement les bâtons à feu ; en peu de temps, il obtint une sciure noire et chaude, il l'ajouta à la poudre de champignon qu'il mêla, fumante, à la mousse. Soufflant doucement du coin de ses lèvres closes, il aviva la minuscule braise apparue dans les brindilles qu'il déposa sous les feuilles. L'instant suivant, le feu montait dans les branches en de longs crépitements.

L'homme attendit que la flamme ait traversé les branches feuillues et craché d'un seul coup une fumée sombre et épaisse pour ajouter d'autres branches et des poignées de feuilles. La flamme rougit en sifflant et la fumée entraîna avec elle de hautes circonvolutions d'étincelles.

Il renoua la peau de cerf sur ses épaules, prit son bâton, s'écarta du brasier et vint se placer lui aussi sur la roche, mais toujours à distance des femmes, regardant, comme elles, ceux d'en bas qui avaient interrompu leurs occupations. Des femmes sortaient de la hutte pour se joindre aux autres et tous levaient les yeux vers la fumée qui montait de la pointe rocheuse au-dessus du lac. Alors, deux femmes et un homme prirent des bâtons, se dirigèrent vers la pente et disparurent sous les arbres...

Le feu retombé poussait de longs piaulements dans les branchages verts.

Le Ohihani aux lèvres cousues revint s'accroupir auprès des fumerons qu'il repoussa dans le cercle de cendres grises et frémissantes. Il ne cherchait pas à raviver les flammes. Au contraire, du plat de la main, il écrasait les flammèches qui menaçaient de se propager aux herbes fanées par les saisons d'avant, sous la repousse souple et verte des hauts soleils de maintenant. Il avait ainsi tourné plusieurs fois autour du feu mourant quand les femmes et l'homme anâanni firent leur apparition sur la pente. Toujours accroupi, il recula, ajoutant à la distance qui le séparait de la roche une longueur de bâton entre le feu crachotant et lui.

Les femmes anâanni ne devaient pas dépasser à elles deux le poids de la grosse Ohihani. Vêtues de longues robes de peaux rasées, elles étaient fines, se déplaçaient avec souplesse, bien que leur ventre eût donné déjà plusieurs enfants vivants, comme le signalaient les lobes entaillés de leurs oreilles. Et si leur visage rond, aux traits étonnamment semblables, témoignait du passage de beaucoup de soleils et de neiges, elles avaient une longue chevelure noire et brillante de graisse, séparée en deux mèches épaisses, attachées derrière les oreilles par des lanières de peau rougies, qui tombaient bas sur leur poitrine.

L'homme qui était avec elles aurait pu être le fils de l'une ou l'autre. Son corps presque glabre était couvert d'une seule peau serrée à la taille ; la barbe poussait à peine sur ses joues.

Quand ils virent l'homme aux lèvres cousues, les Anâanni marquèrent un temps. Comme eux, le Ohihani détourna les yeux et les garda baissés sur les herbes froissées devant lui, à ses pieds.

Le jeune Anâanni à la barbe clairsemée s'accroupit sur le bord de la pierre, ses deux bâtons croisés en travers des cuisses, les mains à plat sur les hampes polies et grises ; les pointes de pierre acérées, collées avec du jus d'arbre et ligaturées, jetaient des éclats de soleil. Ses paupières étaient à peine entrouvertes sur l'entaille de son regard flou dirigé vers les femmes qu'il semblait pourtant ne pas voir.

Les femmes des deux groupes échangèrent des bruits de gorge satisfaits, des paroles soufflées du coin des lèvres – que ni l'homme imberbe ni l'homme à la bouche cousue ne comprirent –, montrant un visage avenant, se touchant mutuellement les épaules et le haut du torse, frottant enfin leur joue l'une contre l'autre et ouvrant larges les narines pour partager leur odeur. Puis elles s'assirent, face à face.

La Ohihani aux cheveux gris se mit à parler d'une voix cassée, râpeuse et basse, soulignant de ses mains décharnées ce que disait sa bouche. Elle expliqua que les Ohihani, qui vivaient au bord d'une rivière que l'on peut traverser en marchant, étaient un groupe qui perdait sa force.

– Beaucoup d'hommes couchés dans les jours froids, sous la glace, sous la neige, le souffle parti, dit-elle. Plus de souffle, plus de force, plus d'yeux pour voir, plus de bouche pour manger. Le souffle de la terre refermé sur des Ohihani couchés.

La femme anâanni dont les oreilles portaient le plus grand nombre d'entailles eut une mimique interrogatrice.

La Ohihani ouvrit une main, et deux doigts de l'autre. Elle dit :

– Ar'akoû.

Et elle raconta que les loups au pelage noir avaient attaqué des chasseurs isolés au ventre vide et aux bras affaiblis par le froid. Les loups les avaient tués. Des chasseurs, on n'avait retrouvé que les bâtons qui n'avaient pas frappé, quelques lambeaux de fourrures et du sang sur la neige. Elle dit :

– Ar'adri.

Elle raconta la rencontre entre deux hommes et le tigre efflanqué, au seuil du grand trou dans la montagne surplombant la rivïère durcie, où ils avaient cru pouvoir se protéger des bourrasques. Ar'adri, le tigre de l'ombre, bien que blessé, avait pourtant terrassé les deux chasseurs, en avait mangé un tout entier, et l'autre presque complètement.

Elle raconta le froid qui fige le souffle et le durcit dans la poitrine, comme il durcit et change l'eau de la rivière en cascades de pierres fumantes.

Les femmes anâanni écoutaient, empêchant leurs regards de glisser vers l'homme aux lèvres cousues qui attendait plus loin, derrière les cendres et les fumées des derniers tisons.

– Les Ohihani veulent des hommes chasseurs, dit celle aux cheveux gris.

Les deux Anâanni échangèrent un coup d'œil et l'une d'elles, désignant leur jeune compagnon, dit :

– Anâanni beaucoup d'hommes comme ce chasseur. Beaucoup.

La grosse Ohihani n'avait guère quitté des yeux le jeune chasseur accroupi. Elle eut un petit hochement de tête, émit un bref assentiment de la gorge. Mais celle aux cheveux gris fit le geste qui repousse, plaqua sa main sur son entrecuisse, pouce dressé :

– Homme fort, dit-elle. Homme de beaucoup de soleils. Ventre et bras forts.

– Ventre et bras forts, renchérit l'autre Anâanni.

Posant une main au bas de son ventre, elle aussi,

deux doigts écartés, pour le signe des femmes, elle fit de l'autre main un geste de rejet :

– Anâanni petits ventres.

Elle dit que les hommes anâanni étaient beaucoup plus nombreux que les femmes, que les ventres de celles-ci avaient déjà donné plusieurs enfants qui se couchaient trop vite et dont le souffle s'arrêtait pour ne plus revenir, que le ventre de beaucoup d'autres était maintenant sec et ne saignait plus.

Les deux Ohihani écoutèrent attentivement, puis celle aux cheveux gris posa le bout de ses doigts sur ses oreilles pour montrer qu'elle avait bien entendu et compris. Elle dit que les femmes ohihani étaient nombreuses, mais que le ventre de beaucoup d'entre elles n'était pas encore prêt à être nourri par un homme ; après le froid qui viendrait, leur ventre serait prêt et elles pourraient alors venir parmi les gens de la grande eau tranquille – elles pourraient être anâanni.

Les deux Anâanni entendirent et touchèrent leurs oreilles. Elles demandèrent deux femmes pour un homme, et non pas après les jours froids, mais avant.

La femme ohihani aux cheveux gris demanda, elle, un homme pour les jours des feuilles qui tombent.

La discussion, davantage tissée de gestes que de paroles, se poursuivit un moment encore, sur un ton sans heurt, à voix basse, et se conclut par un silence partagé. De la poche attachée à sa taille, la Ohihani aux cheveux gris sortit quelques lanières de viande séchée, un éclat tranchant de pierre verdâtre en forme de grosse écaille, plusieurs branchettes fourchues parmi lesquelles elle en choisit deux, de dimensions sensiblement égales. Avec l'extrémité du tranchant incurvé de la pierre, elle fit une encoche sur chaque fourche de la première branche et reproduisit les incisions sur le second morceau de bois qu'elle posa devant son interlocutrice anâanni. Ensuite, à l'aide de la pierre, elle trancha les lanières de viande, en distribua les fragments, gardant pour elle le plus petit qu'elle mit dans sa bouche, le suçant plus qu'elle ne le mâchait. Elle replaça le reste de viande, la pierre et les petites baguettes fourchues, celle qu'elle avait incisée et les autres, dans la poche de peau sur ses reins.

Elles mangèrent en silence, avec une expression satisfaite.

Une fois la bouchée de viande ramollie, écrasée, avalée, la femme anâanni qui avait parlé prit la petite baguette fourchue incisée, l'attacha à une des lanières pendantes qui serraient ses cheveux.

Alors elles se relevèrent, regardèrent l'espace défriché au bord du lac, la grande hutte, l'agitation paisible qui n'avait pas cessé autour de l'arbre abattu où une dizaine de coupeurs poursuivaient l'ébranchage, découpaient et décollaient l'écorce du tronc.

La Ohihani aux cheveux gris, suçant toujours sa bouchée de viande, les lèvres ourlées de salive, se tourna vers l'homme à la bouche cousue qui semblait ne pas la regarder. Elle ne dit pas un mot, mais ce fut comme s'il avait senti en lui son mouvement : il se leva, prit son bâton, fit les quelques pas qui le séparaient des femmes. Elles s'écartèrent. Les deux Anâanni baissèrent les yeux, détournèrent la tête pour éviter son regard, fixant leur attention sur l'abri de la rive, en bas de la pente.

Dressé de toute sa taille au bord de la roche, les

paupières plissées dans la lumière vive, l'homme tendit le bras, désignant les silhouettes qui s'activaient autour de l'arbre, pointant le doigt sur un des hommes occupés à l'écorçage, sans qu'à cette distance son doigt puisse le désigner avec précision. Mais du coin de ses lèvres jointes que traversait la fiche d'os, il prononça un nom dans le vide sous ses pieds :

– Ahorn.

Le nom de l'homme que les Ohihani voulaient. Celui-ci, et pas un autre, en échange de deux femmes qui ne l'étaient pas encore.

Et les Anâanni firent comme si le nom prononcé était n'importe quel nom, lancé par n'importe quelle bouche et non par celle d'un homme traqué, aux lèvres et aux narines fermées pour empêcher que le souffle des forces mauvaises n'entre en lui et ne le change en autre chose qu'un homme, maintenant et après sa mort.

2

Puis vint le premier matin de brumes flottantes qui s'effilochaient lentement et ne découvraient pas la rive opposée avant le milieu du jour. Mais le soleil chauffait sous les nuages légers.

Puis les oiseaux blancs du lac s'envolèrent, tournèrent dans le ciel un jour entier avant de se laisser glisser au fond du soir rouge ; le soleil apparut au bord de la plus haute pente (où les deux femmes ohihani étaient venues parler à celles de la grande eau tranquille), et les nuits s'emplirent jusqu'au ciel étoilé du cri grondeur des grands cerfs suivant les troupes de femelles, des claquements terribles de leurs joutes ; puis les feuilles changèrent de couleur, comme si elles se hâtaient de manger la lumière déclinante, et, sanglantes, gorgées de jaune, les premières tombèrent. Dans les creux de silence de la nuit, après que les ultimes bramements des mâles épuisés s'étaient éteints, on les entendait se détacher des branches et voleter en murmurant jusqu'au sol.

Enfin, les champignons *apih* à tête rouge couverte d'écailles blanches crevèrent les mousses au pied des bouleaux pleureurs. Ils étaient le vrai signe attendu.

La brume épaisse pesait sur la surface du lac.

Les femmes anâanni qui devaient conduire les hommes à l'épreuve attendaient devant l'ouverture de la grande hutte, apparitions pétries dans une impalpable fumée, debout dans la lumière encore fragile, la tête recouverte d'une peau qui s'arrondissait en plis cassés sur leurs épaules, tombait bas sous la poitrine. Il y en avait une pour Ahorn, une pour chacun de ses trois compagnons. Elles tenaient dans leurs mains, contre leur ventre, la coque de fruit évidée contenant le breuvage d'eau et de chair broyée d'*apih*. Deux d'entre elles, dont Tiorhâ, portaient enroulée autour de la taille une longue lanière torsadée.

Dans les premiers friselis du soleil sur les cimes, Ahorn marchait devant Tiorhâ. Il ne devait pas la regarder, ni lui parler, et s'obliger à ne pas voir son nom en pensée, le temps que durerait l'épreuve.

Il allait d'un bon pas, écartant du revers du bras les branches des buissons, souple et vigoureux, vêtu d'une seule grande peau de cerf nouée sur ses larges épaules et dont les pattes postérieures encore pourvues de leurs doigts de corne traînaient au sol. Une expression résolue brillait dans son regard noir entre les paupières mi-closes. Sa bouche épaisse barrait d'un pli sombre la barbe drue qui couvrait tout le bas de son visage et accusait la courbe volontaire du menton. Sa chevelure abondante, relevée et nouée sur le haut de l'occiput, retombait en une queue fournie. Une pâte d'eau, de terre et de moelle d'os couvrait son corps et collait les poils sur sa peau luisante, accentuant encore la fluidité de sa silhouette.

La clarté du soleil éclaboussait violemment le faîte

de la paroi rocheuse et incendiait les cimes encore feuillues des plus hauts arbres, laissant fourmiller dans le sous-bois les grouillements de l'ombre. L'entrée de la faille évoquait une bouche à la lèvre supérieure proéminente, et s'entrouvrait sur un terre-plein pareil à une langue. Des buissons ras encadraient la pierraille où, comme de la salive, sourdait un filet d'eau.

Il avança, seul, jusque sous l'aplomb grisâtre et moussu, franchissant l'invisible limite entre la fraîcheur frémissante du dehors et l'humidité grise, aux odeurs fades, du dedans. Dressé de toute sa hauteur, sur le seuil de l'entrebâillement rocheux, il attendit.

Au même instant dans la même position, à l'entrée d'une faille presque semblable, sous le dévers d'une pente embroussaillée à la pointe du lac, un autre Annâani attendait. Sur le lac, deux hommes se préparaient à une autre épreuve

Ahorn patienta, le temps de s'habituer à l'odeur de vase sèche, perçut le bruit feutré que faisait Tiorhâ, derrière lui, en déroulant la longe faite de lanières attachées bout à bout qui entourait sa taille d'un épais bourrelet ; agenouillée, elle en noua l'extrémité à sa cheville, puis fit glisser devant lui, au sol, la coque de fruit remplie de la décoction d'*apih*, et le morceau de bois charbonneux. Elle s'écarta de lui, recula de plusieurs pas, et attendit.

Ahorn prit la coque enveloppée dans le morceau de peau qui en protégeait l'orifice ainsi que le morceau de charbon de bois. Il pénétra dans la faille dont la voûte plongeante l'obligea aussitôt à se courber. Sur la pierre inclinée, les signes précédemment tracés, dont certains gravés à la pointe d'une pierre plus dure, avaient perdu de leur netteté. Il en traça de nouveaux sur le modèle des derniers de la frise : quatre traits droits, deux longs verticaux et deux courts horizontaux, réunis à leur extrémité, puis un cinquième trait, long et vertical, partageant la figure en deux parties égales, pour signifier qu'il était un homme anâanni, à la fois visible et invisible, à la fois de paroles dites et de paroles gardées en lui dans le silence. Il sépara en deux le haut de la figure, le dessus pour la force du souffle et de la tête, le dessous pour la force du ventre. Dans la partie du dessus, il traça autant de marques que d'images de saisons de neige retenues derrière ses yeux depuis qu'il était un Anâanni. La figure inscrite disait sa présence, son passage en ce lieu, où il allait s'enfouir pour se préparer au départ et mériter de devenir un autre.

Puis Ahorn posa sur le sol le morceau de charbon de bois effrité. À quatre pattes, il se glissa au fond de la faille étrécie conduisant au boyau sombre dans lequel il s'introduisit. Il s'enfonça dans le passage étroit, sur les coudes et les genoux. Le sol était froid contre son ventre, son torse et ses cuisses.

Il progressait dans la nuit étranglée, tenant à deux mains devant lui la coque de fruit durcie, frôlant des fesses, des épaules, des coudes les aspérités de la faille. Les seuls bruits étaient ceux des frôlements de son corps, de la peau de cerf sur la terre et contre la roche, de sa respiration oppressée, et grandissant, de plus en plus fort, des battements de son cœur dans sa poitrine et dans sa tête. Ce bruit-là lui emplit les oreilles et repoussa tous les autres.

Il rampait à tâtons, les doigts serrés sur la coque

enveloppée du morceau de peau. Une pesanteur, bientôt, lui raidit le ventre et le dos.

Ses mains touchèrent la roche, devant lui et sur les côtés. Il coinça précautionneusement la coque entre son épaule et son cou, pour ne pas la renverser, de sa main libre suivit le sol, délimita un espace dans lequel il pouvait tourner sur lui-même, allongé, dans toutes les directions. Puis il tâtonna vers le haut et comprit qu'il était arrivé au bout du trajet : en explorant avec prudence les limites invisibles, il sut que le trou lui permettait tout juste de s'asseoir sans courber la tête.

Il effectua une traction sur la lanière attachée à sa cheville, écouta. Après un temps, sa respiration s'apaisa ainsi que les battements dans sa poitrine. Il émit un son rauque qui résonna curieusement, s'éloigna et revint vers lui dans le noir. Sa gorge lui donnait l'impression de devenir de plus en plus sèche, mais il ne voulait pas entamer le contenu de la coque. Les crampes commençaient à nouer sa nuque et ses bras. Tâtant la roche, il chercha des fissures et leurs baves humides, les trouva après un long temps d'efforts, y posa les doigts qu'il se mit à lécher longuement, jusqu'à ce que s'atténue la pâteuse sécheresse dans sa gorge. Puis il s'efforça de mémoriser l'emplacement des fissures mouillées, ce qui lui coûta encore de longs efforts au creux de la noirceur absolue. La fatigue l'engourdissait et pesait lourdement sur ses chairs, nouait ses articulations.

Il ferma les paupières... les rouvrit, peut-être après quelques instants, peut-être beaucoup plus tard, et qu'elles fussent ouvertes ou baissées ne changeait rien, les ténèbres étaient pareilles, aussi compactes, aussi profondes. Son cœur mit un moment avant de retrouver un rythme apaisé. L'ankylose raidissait son dos.

Il trouva la coque posée sur le sol à portée de main, en retira le morceau de peau protecteur, but une gorgée du breuvage frais qui lui emplit la bouche de picotements. Des images des jours passés se mirent à flotter à la surface verticale d'une infinie profondeur. Des images de cette nuit-là, surtout, dans la clarté vive du feu central sous l'abri, quand Lokkahi, au milieu de tous les Anâanni, avait rapporté les paroles échangées avec les deux femmes ohihani venues demander un homme, et montré le petit morceau de bois fourchu et entaillé en signe d'accord.

En l'écoutant parler, Ahorn s'était aussitôt souvenu d'un jour très lointain et d'une femme dont l'image, à présent, surgissait dans la nuit de ce trou sous la terre.

Il revoyait les images éclairées par la lueur des flammes, les visages attentifs des Anâanni, hommes, femmes et enfants. Et lui, Ahorn, le seul entre tous, dont la gorge se serrait et le membre durcissait au souvenir de la femme ohihani.

Celui des Anâanni qui irait parmi les Ohihani de la rivière qu'on peut traverser en marchant sur l'eau deviendrait un Ohihani et un Anâanni ; il serait fort, écouté, les femmes le choisiraient et il pourrait choisir parmi elles, ce que les hommes anâanni ne pouvaient plus faire depuis des saisons, les femmes anâanni étant devenues trop peu nombreuses pour le permettre. L'homme anâanni donnerait sa force aux Ohihani, et en échange il recevrait la leur et la partagerait entre tous les Anâanni.

Les paroles de Lokkahi tournaient lentement dans l'obscurité de la grotte et à l'intérieur de sa tête. Des brumes aux couleurs pâles traversées de fulgurances flottaient sous un ciel improbable, infini et rond. Il porta les doigts à ses paupières pour savoir si elles étaient ouvertes ou fermées, les toucha sans doute, mais oublia aussitôt l'information transmise.

Hucsha, qui avait accompagné les deux femmes de la grande eau tranquille et assisté à la rencontre avec les Ohihani, avait demandé, après que Lokkahi eut parlé, la raison de la présence de l'homme aux lèvres fermées par un os et un lacet. Mais Lokkahi avait paru ne pas entendre, alors il avait redemandé, et cette fois Lokkahi avait répondu sèchement et repoussé d'un geste de la main les paroles de Hucsha :

– Pas de chasseur la bouche fermée.

Et elle avait refait son geste, pour souligner que Hucsha ne voyait pas toujours clairement ce qu'il avait devant les yeux.

Des sourires s'étaient propagés sur les visages.

Raghmor avait dit que Hucsha était à peine un Anâanni, qu'il avait trop peu de poils sur le visage et pas assez de femmes pour lui manger la force ; il avait dit aussi que Hucsha verrait clairement quand il pourrait donner toute la force de ses yeux à une femme, et que c'était lui qu'il fallait envoyer parmi les Ohihani. Hucsha avait eu un mouvement de recul, une mimique effrayée, montrant son peu d'enthousiasme.

Ahorn s'assoupit. Dormit peut-être – il en prit conscience à un violent frisson qui le réveilla. Il était glacé, avec une sensation de grand trou vide dans son ventre, et il avait la gorge sèche et irritée. À tâtons, il saisit la coque et la porta à ses lèvres, étonné qu'elle fût presque vide. S'était-elle renversée ? Avait-il bu son contenu ? Des picotements traversaient ses doigts qu'il promenait sur le sol où des traces d'humidité auraient pu lui donner une réponse. Puis il oublia pourquoi il palpait la terre.

Le froid et les ténèbres planaient autour de lui et en lui, flottaient, immobiles et lourds, mais se mettaient à vibrer au moindre de ses gestes. Les images faiblement colorées se balançaient avec lui. Il était incapable de savoir s'il les voyait devant ses yeux ouverts, ou si elles ondoyaient derrière eux. C'étaient des images déformées qui semblaient être faites de fumée et qui s'enroulaient autour des flammes du foyer dans la grande hutte. La silhouette d'une femme ohihani lui apparut soudain : torse nu, penchée sur l'eau au bord du lac, elle se redressait et marchait vers lui, et puis s'évanouissait, remplacée par un homme immense à tête de cerf, souriant, dont les paroles étaient des couleurs, des traits entrecroisés : *Regarde. Mon nom est Okgha. Et Ahorn marchera avec mes pas.*

Qui est Ahorn ? demandait Ahorn. La réponse filait entre ses doigts, il voulait l'attraper mais elle lui échappait, il s'en était fallu d'un rien, ou presque. S'il savait l'attendre, sans un geste, sans un bruit, à l'affût comme pour guetter un renard roux à son terrier, elle reviendrait et il pourrait la saisir. Mais en revanche il savait qui était Okgha : l'apparence des forces invisibles de la terre, des eaux et du ciel, qui traverse le sommeil des Anâanni. Puis, tout redevenait noir, épais, traversé de lignes mouvantes et colorées qui traçaient les contours d'un corps assis, le sien, et se dissolvaient. Le noir.

Il voulait boire, mais la coque était vide. Ses jambes s'allongeaient, des mâchoires rondes aux dents acérées s'étaient refermées sur sa cheville. On le tirait par les pieds. *Bois*, disait Okgha, mais ce n'était pas Okgha, c'était Tiorhâ. Les autres regardaient, rassemblés à quelques pas, à l'orée du brouillard. L'eau qu'elle lui présentait dans une coque d'écorce creusée était glacée, elle lui brûlait les lèvres, coulait comme une pierre tranchante au milieu de sa poitrine et jusque dans son ventre qu'elle lacérait. Il avait une telle soif ! Il était dans les images autour de lui, il les voyait et se voyait parmi elles.

Quand le temps serait venu, cela se passerait ainsi. Depuis l'extérieur de la faille, Tiorhâ tirerait sur la lanière attachée à sa cheville, ce serait le signal, il sortirait du ventre de la terre avec en lui la force qu'il y avait trouvée, comme il était sorti déjà du ventre de la femme dont il ne gardait pas souvenance. Il serait debout dans la lumière violente, dans le papillotement des ombres descendues du ciel, aveuglé, terrassé par toutes les odeurs de la forêt qui s'engouffreraient d'un seul coup dans ses narines et sa bouche grandes ouvertes, et sans doute vacillerait-il sous la poussée de la force qui s'insinuerait de nouveau sous sa peau, comme si la dépouille de cerf dont il avait l'habitude de se couvrir pesait un poids de pierre sur ses épaules. On l'entraînerait, on le soutiendrait, on l'aiderait à retrouver l'usage de ses jambes aux articulations douloureuses.

Ce qui l'attendrait alors, deux de ses compagnons

y avaient déjà été soumis, alors que le troisième, comme lui, prenait des forces dans une autre faille sous la terre – les hommes et l'ordre des épreuves qui désigneraient le meilleur d'entre eux avaient été choisis par Lokkahi.

Tahahanac était celui des quatre qui avait été enseveli en même temps que lui.

Il était déjà accroupi à une extrémité du tronc, quand Ahorn, entraîné par le groupe silencieux, arriva sur la berge. Ils le firent entrer dans l'eau coupante, monter sur le radeau de perches et de branchages entrelacés où il se tint à quatre pattes, grelottant, les oreilles emplies du claquement de ses dents mêlé à l'inextinguible bruit sourd qui tombait de sa gorge, au clapotement amplifié de l'eau dans les branches de l'esquif grossier auxquelles il s'agrippait de toute sa force pour ne pas glisser.

Arrivé à hauteur du tronc, le radeau s'immobilisa. Une nouvelle traction en souleva légèrement l'avant, enfonça l'arrière sous l'eau, et Ahorn comprit qu'il devait le quitter. Il grimpa sur le tronc, la tête bourdonnante. À l'autre bout, Tahahanac accroupi en équilibre comme un gros oiseau sombre lui adressa des paroles qu'il ne comprit pas. Le perchoir écorcé était glissant. Ahorn s'assit à l'endroit de la jointure avec la fourche du tronc planté dans le fond du lac. Il regarda s'éloigner le radeau, tiré vers la berge par une autre corde tressée, regarda filer la première corde relâchée sur le tronc, près de sa main, comme un serpent nerveux et boursouflé...

Il chuta une première fois alors que le soleil descendait derrière les arbres rouges à l'autre bout du lac. Il s'entendit crier avant que le choc glacé n'éclate dans sa poitrine. L'engourdissement quitta instantanément ses membres, comme une peau arrachée à vif. Mais il coula à pic, tout droit dans le remous et les reflets ondulants. Ses pieds touchèrent la surface molle et vaseuse du fond, s'y enfoncèrent, poussèrent frénétiquement sur l'appui dur des pierres en un mouvement qui le propulsa vers la surface. Le cri qu'il avait poussé en tombant résonnait encore quand il jaillit de l'eau.

Quand vint la brume au milieu de la nuit, il fut réveillé par un bruit de chute, crut qu'il tombait encore, contracta ses muscles tétanisés, bras et jambes serrés sur le tronc, le bois gluant pressé contre son ventre écrasant ses parties génitales. Il entendit Tahahanac crier, très loin...

Il tomba une seconde fois, roulant de côté, raide, dans le brouillard qui ressemblait à la chevelure d'un mort au ras de l'eau. Il coula lentement, sans fin, vide, lourd, les yeux exorbités sur les bulles rondes et douces qui s'échappaient de sa bouche grande ouverte, coula infiniment, comme une pierre, jusqu'au feu qui craquait sous l'abri, dans l'écartèlement sans cesse recommencé de la pénombre et les images confuses qui se pressaient dans sa tête et autour de lui, nu parmi les corps nus luisants de terre rouge et de graisse dans la danse sifflante et diaprée des flammes.

Tiorhâ la première se glissa vers lui, le visage découvert, totalement nue, comme les trois autres femmes qui attendaient agenouillées derrière elle, mains à plat sur leurs cuisses écartées. Elle vint et se coucha sur lui, se frotta contre lui, frotta son visage de la rondeur pleine de ses seins, saisit son sexe qu'elle roula doucement entre ses paumes, sur lequel elle se pencha quand il fut dur, et chevauchant Ahorn après avoir pivoté prestement, elle chatouilla des lèvres le renflement de son extrémité, les cuisses écartées et ployées au-dessus de lui, posant et bougeant sur son visage la moiteur entrouverte de ses cuisses.

Ahorn coulait encore, toujours, couché sur les fourrures étalées près du foyer. Les images flottaient, devenaient plus précises, elles n'étaient pas simplement derrière ses yeux, légères et tombées de la bouche d'Okgha le Rêve, irréelles. Elles s'étaient produites au moment où il avait été choisi avec Tahahanac, Oah et Ahuac, à l'instant où il s'était enfoncé dans la faille de la terre. Il entendait, dehors, ailleurs, un bourdonnement de paroles mêlées à des cris joyeux d'enfants, des rires, des pouffements. La force montait en lui, elle tendait tout son corps sur le vide frémissant enfoui sous sa peau.

Tiorhâ but cette force ; elle la recueillit dans ses mains et s'en enduisit le visage, les paupières, les lèvres et les narines, et puis les seins, le ventre et la chair fendue entre ses cuisses. Avant que ne retombe l'élan de la force, elle se tourna, se coucha sur lui, entra en elle son membre raidi qu'elle caressa et pressa, retenant sa vigueur par de petites contractions de son ventre. Ahorn ne s'endormit pas. La somnolence dura peu, et la force, attisée comme une braise par le mouvement régulier du ventre de la femme allant et venant sur le sien, par son odeur, par les crispations régulières de ses cuisses entre les siennes, par les attouchements de ses seins contre sa poitrine, explosa de nouveau. Une douleur troublante, à la fois feu et vase, sang et miel, dent et peau, le submergea. Il coula. Parmi les images, il y avait le visage de la femme ohihani, quand elle s'était redressée au bord du lac à côté des autres Ohihani et pour venir vers lui, son regard tranquille posé sur lui, grave et doré par le sourire qui n'était pas encore monté à ses lèvres.

Tiorhâ s'écarta de lui.

Une autre peau nue vint au contact de sa peau barbouillée de terre rouge graisseuse, poisseuse de sa sueur et de celle de Tiorhâ. Rowaki posa une main sur son ventre ; elle l'y laissa un moment avant de descendre et de se refermer sur son sexe assoupi... Un peu plus tard, elle se souleva sur un coude, puis l'enfourcha, présentant la raie sombre entre ses fesses écartées, achevant de le réveiller avec la bouche et la langue, et puis creusant les reins quand le moment fut venu pour le faire entrer en elle.

Puis ce fut Nomhaga.

Puis ce fut encore Tiorhâ, mais la force avait quitté Ahorn, ou si elle palpita encore, si elle se tendit pour cracher encore, il ne le sut qu'aux tiraillements dans les chairs ballantes du bas de son ventre endolori, et aux brûlures de sa peau fripée et écorchée.

Et puis ce fut Lokkahi.

Elle se pencha sur lui, elle le prit dans ses mains, et il gémit. Il soufflait fort, sa poitrine soulevée à un rythme précipité. Des tremblements couraient dans ses doigts, sous la peau de son ventre creusé.

Lokkahi s'agenouilla. Elle mit ses mains à plat sur le torse d'Ahorn, là où les battements frappaient vite, et demeura ainsi jusqu'à ce qu'il tourne la tête et que son regard flou entre les paupières trouve le sien. Elle dit, dans un souffle de sa voix basse apaisante :

– Bouger non.

Et lui ferma les paupières.

Tiorhâ, Rowaki et Nomhaga lui faisaient face, accroupies, le regardant, puis elles levèrent les yeux sur Lokkahi, souriantes.

Il s'éveilla, le visage brûlant, referma aussitôt les yeux, ébloui par le soleil au-dessus de lui. Il reposait sur des fourrures, hors de l'abri. Un enfant cria son nom à la cantonade et il fut immédiatement entouré. Il rouvrit prudemment les paupières. Parmi les visages des Anâanni penchés sur lui, il vit ceux d'Oah et d'Ahuac. L'instant d'après, redressé sur les coudes, il aperçut à quelques pas Tahahanac allongé comme lui sur une couche de peaux, dans la lumière qui traversait les feuilles jaunes des arbres. Tahahanac dormait, et le brouhaha ne semblait pas le déranger.

Le groupe s'écarta pour laisser passer Lokkahi et Tiorhâ. Elles lui donnèrent à boire, et à manger des petits poissons grillés, encore chauds, qu'il avala goulûment. Quand il en voulut d'autres, Lokkahi d'un geste repoussa sa demande, le força à se recoucher. Ses entrailles gargouillaient.

Lokkahi souleva la peau de chèvre qui couvrait le bas du corps d'Ahorn, découvrant pour tous, et pour lui, les fines traces dans les poils brûlés, au-dessus du sexe rétréci, marqué de tuméfactions bleuâtres. Il crut revoir des images vagues, évanescentes, ressentir des douleurs pointues tout aussi incertaines. Les coupures dans la peau cicatrisaient, boursouflées, croûteuses, sombres de la cendre dont elles avaient été emplies sitôt ouvertes.

Lokkahi désigna les coupures. Ils regardèrent, se pressant autour d'Ahorn allongé ; des murmures et des souffles admiratifs traversèrent le silence respectueux.

– Ahorn, dit Lokkahi. Ahorn le plus fort des Anâanni.

Elle montra les signes sur sa peau qui disaient combien de fois il avait donné sa force d'homme. Elle dit :

– Tiorhâ. Rowaki. Nomhaga.

Puis enfin :

– Lokkahi.

Elle plia son bras, un doigt pointé vigoureusement, autant de fois qu'il y avait de traits taillés sur le bas-ventre d'Ahorn.

Et comme tous ceux et celles qui virent et entendirent, Ahorn accepta ce que les gestes et les paroles de Lokkahi annonçaient.

Elle était la parole des Anâanni, et elle l'avait choisi parmi les quatre hommes désignés, au terme de son empoignade avec les forces invisibles *okough*, et faisait ainsi de lui celui qui partirait, qui quitterait les siens, ceux du bord du lac, pour être un homme fort et nourrir le ventre des femmes ohihani, comme l'avait demandé, glissant son nom dans un entrebâillement de lèvres, le Ohihani à la bouche cousue.

[illegible]

[illegible]

[illegible]

[illegible]

[illegible]

[illegible]

[illegible]

[illegible]

[illegible]

[illegible]

[illegible]

3

Quand Ahorn quitta les gens de la grande eau tranquille, la marque des traits croisés sur son bas-ventre était cicatrisée, et les poils rasés pour les incisions avaient repoussé.

Deux jours durant, les derniers oiseaux du lac que délogent les froids vifs s'étaient rassemblés en cohortes jabotantes, puis ils étaient partis. Les Anâanni en avaient abattus beaucoup.

C'était un jour de ciel gris, tendu de nuages informes et lisses qui semblaient n'en former qu'un, très haut, sans relief. Depuis le matin, la lumière du soleil avait à peine changé. Les bouleaux blancs avaient perdu toutes leurs feuilles. Les charmes et les chênes lançaient des frémissements de flammes rousses qui se détachaient sur des résineux sombres, hantés par des nuées d'oiseaux noirs et croassants. Dès avant la tombée du jour, la brume apparut sur le lac, comme si les rides et les moirures de la surface caressée par le vent se mettaient à fumer. Depuis quelque temps déjà, elle s'installait pour la nuit et ne se dissipait que bien après le retour du jour.

Ahorn avait retrouvé toute sa vigueur, et davantage

encore : les forces que lui avait donné Okgha le Rêve, et qui lui avaient valu de triompher, frémissaient dans ses chairs et brûlaient sous sa peau.

Il s'en allait.

Il quittait les Anâanni, les gens de la grande eau tranquille, l'abri commun fait de deux puis trois huttes réunies entre elles, et cet endroit de la berge froide où il était tombé une nuit d'entre les cuisses d'une femme accroupie qui n'avait pas vécu assez longtemps pour le nourrir jusqu'à la pousse de sa première dent. Il partait et il était suffisamment fort pour être à la fois Ohihani et Anâanni.

Ses yeux désormais cherchaient, à leur hauteur, les signes laissés pour lui par Okough l'Invisible, et savaient reconnaître les présages imprimés sur le sol par les bêtes. Ahorn ne marchait plus tête basse. Ses cheveux épais plantés bas sur le front bombé, rougis de terre mêlée au jus que sue la viande chauffée, étaient noués en deux queues encadrant son visage. Sa barbe fournie, poussée alors qu'il avait à peine la moitié de sa taille de maintenant, cachait ses joues, sa bouche et son menton. Sous les sourcils touffus, le regard évoquait l'eau profonde du lac, avant que le ciel noir ne s'y déverse en grondant.

Debout, dos tourné au lac, il se découpait au sommet de la pente, sur l'avancée rocheuse où Lokkahi et Tiorhâ avaient rencontré les femmes ohihani. Des peaux de chevreuils le vêtaient : une bande passée entre ses jambes et nouée à la taille, des jambières cousues, serrées sur ses chevilles, une cape faite de deux épaisseurs de peau, trouée au centre pour passer la tête et qui retombait en plis lâches sur ses bras nus, et à mi-cuisses. Dans sa main la plus habile, celle qui lance, il tenait un long bâton à pointe de bois dur et d'os, fixée par une ligature de fine peau collée avec de la sève bouillante.

Les Anâanni l'avaient accompagné jusque-là, en prédisant durant la grimpée ce que serait sa vie parmi les Ohihani dont toutes les femmes voudraient le choisir. Il les avait laissés dire leur envie et s'esclaffer, les approuvant, ne repoussant aucune des images lancées à voix forte. De toutes ces femmes ohihani dont les hommes du clan vantaient le savoir-faire, il ne voyait qu'un seul visage, ne savait qu'un nom, entendu une fois : Ene'a.

Ils se tenaient derrière lui, à présent, groupés au pied de la plate-forme rocheuse, laissant retomber leur souffle et se calmer les battements dans leur poitrine. Ils se taisaient. Ils attendaient comme lui que les femmes et une partie des enfants, qui avaient escaladé sans hâte le flanc du coteau, les rejoignent. Et quand ils apparurent entre les buissons défeuillés, dans le passage creusé parmi les hauts genêts, ils s'écartèrent pour les laisser passer. Les femmes et les enfants se mêlèrent au groupe.

Lokkahi s'en détacha, gravit seule en quelques enjambées l'inclinaison rocheuse et rejoignit Ahorn. Un moment, en silence, elle contempla avec lui la pente courte qui continuait vers les rousseurs bordant le sombre pelage de la forêt de sapins. Il percevait sa respiration, attendit qu'elle s'apaise avant de tourner la tête vers elle. Son visage était grave, satisfait, une lueur brillait dans ses yeux. Dans cet échange de regards, les images de Lokkahi, Tiorhâ, Rowaki et Nomhaga, nues, dans la lueur du feu sous l'abri, revinrent devant ses yeux. Mais il n'avait aucun souvenir de la force qu'il avait donné deux fois au ventre de Lokkahi, ainsi qu'elle l'avait dit. Ce vide lui laissait toujours une sensation indéfinissable de vulnérabilité, comme un danger prêt à fondre, qu'on sent et devine, qu'on sait proche sans le voir, alors qu'on marche sur la piste du grand mangeur d'hommes des montagnes...

Lokkahi ferma lentement les paupières sur ses yeux brillants, en une mimique rassurante, comme si elle comprenait cette pesanteur, ce frisson immobile, au creux de la poitrine de l'homme. Elle les rouvrit, son regard planté droit dans le sien. Puis elle décrocha de sa natte le petit morceau de bois fourchu et entaillé qui disait l'accord passé avec les Ohihani. Elle le noua au tendon séché et aplati qui attachait une des mêches de cheveux d'Ahorn. Elle dit :

– Ahorn marche. Marche vers les huttes des Ohihani.

Pour préciser *les* Ohihani – les Ohihani *dans leur ensemble* et non pas certains d'entre eux –, elle posa la paume de sa main sur la poitrine d'Ahorn, et le poussa doucement, fermement. Son dernier regard, celui qu'il saisit juste avant de se détourner, lui sembla voilé d'une crainte furtive malgré le sourire qui éclaira un instant son visage. Le premier pas qu'il fit dans l'herbe et les feuilles sèches rompit le silence tendu. Il partit.

Ceux de la grande eau tranquille montèrent sur la roche, à la suite de Lokkahi. Ils reformèrent leur groupe derrière elle et regardèrent Ahorn s'éloigner, le suivirent des yeux sans un mot tandis qu'il traversait le pré d'un pas souple et décidé. Ils l'aperçurent encore à l'orée du bois, silhouette élancée et claire un instant découpée sur la lisière sombre, derrière laquelle il se fondit sans se retourner, puis disparut. A cet effacement brutal, souligné par la traînée de vent qui souleva une brève pluie de feuilles tourbillonnantes, on aurait pu croire qu'il n'avait jamais existé.

Alors, les Anâanni redescendirent de la roche, les femmes surveillant les enfants silencieux et attentifs ; ils cheminèrent, les uns derrière les autres, suivant la trace ouverte dans les genêts. Bien plus bas, seulement, les enfants recommencèrent à se bousculer en gloussant et, comme si c'était un signal, ils se remirent à parler, une parole, puis une autre et une autre encore.

Personne ne semblait avoir remarqué l'absence de Hucsha.

Ahorn n'était allé qu'une seule fois là où vivaient les gens de la rivière, à cet endroit où l'eau, moins haute, permettait de traverser entre les roches émergentes. Il n'avait pas encore de poils sur le visage, ni même au bas du ventre. C'était avec les siens, à l'occasion d'une battue réunissant les Anâanni et les Ohihani, pour une chasse au grand *nagourh* solitaire qui rôdait dans la forêt et avait tué un enfant. Il se souvenait. Les petits en âge de marcher et de crier avaient participé eux aussi à la battue.

De ces jours-là il gardait des images qui revenaient, claires et précises, quand il les convoquait. Des images de la nuit, éclairées par les grands feux, quand ils avaient apporté la bête morte – et le chasseur dont le bras disloqué ne tenait plus à l'épaule que par quelques lambeaux de chair. C'était la seule fois où il avait vu des hommes abattre un ours des montagnes. Il se souvenait aussi du bruit de l'eau qui galope comme un troupeau sans commencement ni fin, entre les berges qui la guident. Un peu plus loin que l'abri des Ohihani, en suivant le courant, la rivière s'effondre. Il avait gardé cette image-là aussi, et le manque de souffle qui lui avait creusé la poitrine, quand il avait vu basculer l'eau dans ce formidable vacarme embrumé de remous, comme une fine pluie suspendue.

Depuis lors, jamais Ahorn n'était retourné aux abris des Ohihani, qui chassent dans la forêt, vers le soleil couchant, jusqu'au pied des monts de terre blême derrière lesquels se trouvent les forêts et le grand lac où chassent les Anâanni. Il arrivait souvent que des traqueurs de l'un et l'autre groupe se rencontrent au croisement d'une sente, dans la forêt où marchent à la fois les Ohihani et les Anâanni, et que là, dans ces endroits très éloignés des huttes, des femmes ohihani et anâanni se livrent ensemble à la cueillette. Alors, ce qui était passé de la bouche d'un chasseur à l'oreille d'un autre, d'une bouche de cueilleuse à l'oreille d'une autre, se reformait en paroles à la chaude lumière du feu, quand les flammes sont grandes encore sur le pas de la nuit et que les yeux brillants regardent pour mieux entendre.

Et puis les Ohihani avaient rendu visite à leur tour aux Anâanni du lac dans le creux des monts blêmes. Il y avait cette femme, *cette femme-là*, parmi eux, qui l'avait regardé, avait marché vers lui, grave et pourtant souriante... Un sourire étrange au fond de ses yeux pâles qui avait coupé net la force dans les jambes d'Ahorn. Il avait tourné les talons, la laissant plantée là, comme s'il se fût agi d'une hyène des roches, et il était resté caché, à l'abri du rire et des moqueries de ceux qui l'avaient vu courir, jusqu'au départ des Ohihani. Après cela, après tout cela, Ahorn n'avait pas attendu la fin du jour suivant pour aller marcher dans la forêt, à la limite des monts blêmes. Pour y guetter les glaneuses et cueilleuses ohihani... qui n'étaient pas venues. Il avait parcouru en tous sens les ravins et les fourrés, les pentes forestières limitrophes enchâssées dans les territoires habituellement occupés par l'un et l'autre groupe. Cherchant et pistant un traqueur de lièvres, il l'avait finalement trouvé et il avait pris le risque de lui demander le nom de la jeune femme. Le Ohihani, à peine plus âgé que lui, avait posé sur lui un long regard sombre ; non seulement Ahorn n'avait pas détourné les yeux, mais il avait pris un second risque en donnant son propre nom. L'autre avait finalement détourné puis hoché la tête. Elle s'appelait Ene'a.

Ce nom ne l'avait plus quitté, depuis.

Durant toutes les fortes neiges qui avaient succédé aux feuilles tombées, le nom de la Ohihani avait été plus présent pour Ahorn que tous les Anâanni en chair et en os...

Il n'était plus retourné aux abords des forêts ohihani. Ni lui, ni les traqueurs ni les chasseurs – les bêtes qu'on mange avaient été rudement éprouvées par la neige épaisse qui fondait sans hâte, il en restait trop peu pour les deux groupes sur la limite étroite des territoires voisins.

Les soleils hauts étaient passés très vite, les neiges revenues plus vite encore. Le nom de la femme, désormais enfermé dans sa tête, n'apparaissait que lorsqu'il l'appelait. Il ne l'avait pas appelé depuis bien longtemps quand les femmes ohihani étaient venues demander un homme. Si Okgha le Rêve lui avait parlé, dans le trou noir de la terre, s'il l'avait choisi, ce ne pouvait être que pour elle.

Ahorn marcha jusqu'au milieu du jour, sous les arbres secoués par un vent de plus en plus grondeur. Il avait choisi ce trajet par les crêtes, plus difficile sans doute, mais moins long que le passage par le torrent qui, de la pointe étranglée du lac, descendait en bondissant pour se jeter dans la rivière. Il aurait dû remonter le long de sa berge raide jusqu'aux chutes hurlantes, avant d'arriver aux huttes des Ohihani. Et puis, c'était ce chemin à travers les crêtes qu'il avait suivi, une fois déjà, pour aller chercher le nom d'Ene'a.

Il se douta de la présence de l'autre à cause des chevreuils.

Le vent mugissait dans les branches, tournant sur lui-même et froissant les broussailles. Dans le brassage des odeurs et des bruits, les chevrettes et les chevreuils ne l'avaient pas vu ni senti approcher. Et lui n'avait pas soupçonné leur présence. Il descendait, sans précautions, une ravine creusée au flanc d'un talus rocailleux planté de feuillus. Au fond, coulait ce qui n'était maintenant qu'un ruisselet mais qui, gonflé par les pluies, charriait et sapait ce pan de terre entre les roches. La petite troupe était là, de part et d'autre de l'eau, broutant les buissons ras des ronces. Un peu plus bas, se tenaient deux chevreuils dont Ahorn n'apercevait que la tête – une d'abord, puis l'autre émergeant des broussailles.

Il s'immobilisa aussitôt, ses pieds nus bloqués

entre les pierres, dissimulé derrière la tignasse retombante d'une touffe de ronces. Pétrifié, le souffle suspendu, les doigts serrés sur la hampe du long bâton de jet, il eut tôt fait de repérer à sa taille, à son allure et à son attitude vigilante la meneuse de la petite harde. Elle était pleine.

La faim troublait d'autant moins Ahorn qu'il avait pris avec lui, dans une poche accrochée à sa taille, de quoi manger pour le trajet. Mais il aurait pu, cependant, arriver chez les Ohihani en portant sur son dos un gibier en offrande, ce qui aurait encore grandi son image d'homme choisi non seulement pour sa force, mais pour son habileté de chasseur. Il allait attendre, à l'affût – il en avait le temps – que les chevrettes au ventre vide qui broutaient les ronces et remontaient vers lui s'approchent, et quand la première serait suffisamment près, si le vent tournant ne l'avertissait pas de sa présence, il se dresserait, et profiterait du court instant de surprise qui la figerait pour lancer le bâton... Il ne la manquerait pas. Avec des mots cachés sous sa langue, il invoquait Okough l'Invisible (qui marche partout dans le pas des hommes, comme dans celui des bêtes), lui demandait de guider son bras, et d'écarter la colère des chevreuils et de leurs femelles, s'il en tuait un, ou une, car il le ferait pour une bonne raison.

Mais il n'eut pas à le faire.

Alors que les chevrettes se rapprochaient, la meneuse dressa la tête, ses oreilles écartées, grandes ouvertes à la soudaine tombée du vent, le cou tendu et le regard braqué sur le talus dans sa direction, au-dessus de lui. Dans l'instant suivant, toutes les femelles firent de même, précédant de très peu les deux mâles cornus, à l'écart, et la petite bande volta d'un même mouvement, bondit hors du creux de la ravine et s'égailla en quelques sauts parmi les troncs.

Ahorn, redressé, crut alors entr'apercevoir une présence furtive parmi les broussailles, derrière lui, en haut du talus. Un sombre glissement dans les branches. Après avoir scruté le buisson brassé par le vent, Ahorn eut la certitude que si une présence se tenait là, tapie, ce n'était pas celle d'une bête. Il détourna les yeux et reprit sa marche, suivant un instant la direction prise par les chevrettes en fuite.

Progressivement, le ciel noir descendit et repoussa la lumière sous terre. Le vent poussait maintenant une longue plainte continue. S'il s'apaisait parfois c'était pour rassembler ses forces et reprendre son souffle ; on entendait son galop monter et s'élancer entre les monts lointains. Quand les ténèbres furent trop épaisses, Ahorn s'arrêta.

Il avait marché sans hâte, choisissant le terrain le plus facile, les passages les moins rudes à ses pieds nus. À aucun moment, il n'avait senti la présence possible qui avait alarmé et mis les chevrettes en fuite et l'avait lui aussi alerté.

Il trouva un renfoncement sous de gros blocs rocheux qui pouvait faire un abri convenable pour la nuit ; à l'odeur qui s'en dégageait, l'endroit avait été occupé un certain temps par une bête – sans doute un *nago* à la tête blanche et noire. Dans la tourmente, il brisa les basses branches de quelques jeunes sapins, en couvrit le fond du trou non sans l'avoir agrandi à l'aide d'un bout de bois mort. Le vent filait au ras de la cache sous la roche. Ahorn dressa un petit remblai protecteur avec la terre et les caillasses extraites du trou ; il ramassa, à l'aveuglette, suffisamment de débris secs éparpillés qu'il entassa afin de les allumer, au cas où le besoin s'en ferait sentir au cours de la nuit. Puis il s'enfonça dans l'anfractuosité, retira une de ses capes de peaux dont il enveloppa ses jambes et ses pieds, et mangea plusieurs morceaux de la viande séchée contenue dans la poche pendue à sa taille.

Il ne l'entendit pas approcher. Il vit tout à coup, encadrée dans l'ouverture de la roche une masse sombre d'une noirceur plus compacte que la nuit, la pâleur de la peau nue partiellement découverte, l'éclat fugace du regard blême dans l'ébouriffage de cheveux et de fourrures. La voix arrêta le geste d'Ahorn vers le bâton posé en travers de ses cuisses :

– Ahorn pas peur de Hucsha.

– Hucsha, gronda Ahorn dans un souffle.

Hucsha s'accroupit, le dos rond et la tête rentrée dans les épaules. Il tenait un bâton dans chaque main et s'appuyait dessus, donnant l'impression de vouloir, dans cette attitude, s'accrocher plus solidement au sol. Ses genoux relevés faisaient deux taches livides. Il demeura dans cette position un moment, sans dire un mot, silhouette tassée, hérissée par le vent qui lui fouettait le dos, sans dire un mot. Ahorn, silencieux et immobile lui aussi, se remit simplement à mastiquer le morceau de viande qu'il venait de mettre dans sa bouche quand l'autre avait surgi.

Pourquoi Hucsha ? Quelles raisons l'avaient poussé à le suivre et à le rejoindre ? Ahorn n'éprouvait aucune envie de se trouver en sa compagnie. Il ne comprenait pas si Hucsha était meurtri de n'avoir pas été choisi par Lokkahi, ou au contraire si son silence et ses regards fuyants traduisaient le soulagement inavoué de n'avoir pas à subir une épreuve qu'il redoutait...

Il mâchait lentement, sans proposer à l'intrus de partager la viande qu'il avait emportée avec lui et gardait dans sa poche. Derrière la silhouette accroupie, le vent soufflait une haleine chargée d'odeurs de mousses, de feuilles humides et de terre froide. Ahorn avala. Rien dans son attitude ne donnait l'impression qu'il attendait quoi que ce fût.

Hucsha dit enfin :

– Ahorn ne marche pas avec les Ohihani. Ne pas marcher. Les Ohihani cachés.

– Cachés ?

– Les Ohihani cachés, répéta Hucsha.

Il bougea, posa ses bâtons devant lui. Il poursuivit :

– Les Ohihani cachés derrière les Ohihani. Les Ohihani ont des paroles cachées, qu'ils ne disent pas, derrière les paroles qu'ils disent.

Ahorn grogna. Il saisit son bâton à deux mains, le tendit devant lui – moins pour écarter le jeune homme accroupi que pour lui signifier de ne pas s'avancer davantage sous la roche.

– Hucsha retourne avec les Anâanni, dit-il. Pas ici. Pas avec les Ohihani.

Mais Hucsha ne recula pas. Il planta plus solidement ses talons dans le sol, grommela pour montrer son irritation, et dit enfin, lentement, comme pour peser ses paroles :

– Hucsha avec Lokkahi, avec Tiorhâ, ce jour-là. Hucsha avec les femmes ohihani et avec l'homme ohihani à la bouche cousue. Hucsha a vu de ses yeux ouverts. Il a vu. Le Ohihani à la bouche cousue montre avec son doigt les hommes anâanni au bord de la grande eau. Tous les hommes, non. Un homme. Et il dit son nom.

– Hucsha a les yeux trop grands, dit Ahorn. Hucsha voit trop.

– Les yeux de la tête de Hucsha sont ouverts et les oreilles de la tête ouvertes ! répliqua Hucsha en secouant ses bâtons avec irritation.

Ahorn cette fois leva le sien et le choqua contre ceux du jeune Anâanni, dont il pinça les doigts dans le léger choc, l'obligeant à reculer d'un pas.

– Ahorn ferme ses oreilles, dit-il.

C'était vrai. Il ne voulait pas entendre... et pourtant il attendit, hésita. Il ne voulait pas entendre Hucsha, et en même temps il ne pouvait se résoudre à le repousser fermement sans avoir compris la raison de sa présence ici... l'explication qui lui était venue instinctivement s'était mise à vaciller...

Il n'eut pas à demander.

Reculant hors de portée de bâton, Hucsha se mit à parler, à flot continu, rapide, comme s'il eut craint d'être interrompu à tout instant par une réaction subite d'Ahorn. Les mots se bousculaient et fusaient, se taillant un passage chaotique dans la plainte du vent.

Il redit sa présence avec Lokkahi et Tiorhâ, le jour de la rencontre avec les deux femmes et l'homme ohihani. Et c'était à cause de lui, de cet homme-là, qu'il s'était mis en marche à travers la forêt sur la trace d'Ahorn. Cet homme-là. De nouveau, il le décrivit, ajoutant des détails précis qui prouvaient qu'il l'avait bien vu et que ses yeux n'étaient pas trop grands. Un homme à la bouche cousue par une fiche d'os et une lanière, aux narines retroussées par un os creux traversant la cloison nasale. Et cela, dit Hucsha – comme si son interlocuteur tapi sous le creux de la roche ne le savait pas –, signifiait que cet homme craignait l'intrusion possible d'un souffle extérieur qui s'installerait en lui et l'emporterait après avoir mangé son propre souffle. Les forces invisibles étaient devenues mauvaises et dangereuses pour cet homme. Il essayait de s'en protéger. De leur échapper. Il portait sur lui le signe de l'attention particulière que lui accordaient les forces invisibles. *Nokh*. Il n'était plus un Ohihani *ordinaire*, il était *nokh* – un homme dont on s'écarte, car l'œil de l'invisible le regarde, le bras de l'invisible est levé sur lui prêt à frapper, le souffle de l'invisible peut s'insinuer en lui au premier instant d'inattention.

Hucsha dit cela. Puis il poursuivit, toujours avec violence et comme si les mots qu'il crachait lui avaient trop longtemps brûlé le ventre et la poitrine avant de lui brûler les lèvres, pour dire combien cet homme qui n'était plus complètement un homme ohihani, ce *nokh*, était dangereux pour qui s'en approchait de trop près. Il dit qu'il avait bien remarqué la distance prudente entre le *nokh* et les deux femmes, et comment Lokkahi et Tiorhâ, qui avaient compris, dès qu'elles l'avaient vu, s'étaient gardées elles aussi non seulement de s'en approcher mais de croiser son regard.

– Après les paroles des femmes, cet homme *nokh* tend le doigt vers les hommes anâanni, dit Hucsha.

Et dans le silence d'Ahorn, Hucsha poursuivit par des questions.

Il demanda la raison de la présence de cet homme ohihani-*nokh*, ce jour-là... Pourquoi était-ce un Ohihani-*nokh* qui accompagnait les deux femmes ? Pourquoi Lokkahi et Tiorhâ n'en avaient-elles pas parlé aux Anâanni ? Pourquoi Lokkahi avait-elle dit qu'il n'y avait pas d'homme *nokh* à la bouche cousue et aux narines obturées, quand, lui, Hucsha, l'avait vu et avait dit qu'il l'avait vu ?

Après avoir parlé longtemps, Hucsha se tut brusquement : on eût dit que le vent avait emporté d'un coup ce qui lui restait de voix. Il n'attendait pas de réponse à ses questions : il savait au fond de lui qu'Ahorn ne pouvait pas lui en apporter. Il ne l'avait pas suivi et rejoint pour obtenir des réponses. Il l'avait fait pour dire ce qu'Ahorn n'avait probablement pas entendu jusqu'alors... ou pour savoir s'il marchait vers les Ohihani malgré ce qu'il avait entendu.

Ahorn garda la bouche fermée. Dans sa tête, avec le vent, tournaient les paroles surprenantes, embrouillées. Il dit, enfin :

– Ahorn marche vers les Ohihani. Ses yeux sont ouverts, bientôt, avec les yeux des Ohihani.

– Ahorn ne marche pas avec les Ohihani, dit la sombre silhouette tassée de Hucsha. Le souffle *nokh*, dans la bouche des Ohihani, mangera le souffle dans la bouche d'Ahorn, si Ahorn marche avec les Ohihani.

Ahorn grogna, secoua la tête. Il voulut se redresser, et Hucsha recula encore. Après un instant, Hucsha se leva, s'éloigna, se fondit dans le noir, sans rien qui permît de savoir s'il s'était arrêté quelques pas plus loin, ou s'il s'était enfoncé dans le tumulte de la nuit.

Ahorn dormit peu, recroquevillé dans l'excavation, cerné par le vent. Il fut réveillé avant les premières lueurs du jour par les jacassements des oiseaux et par le vide que le vent disparu avait laissé derrière lui.

Hucsha était parti avec le vent.

Ahorn urina sur les branches de sa couche, mangea un morceau de viande séchée et reprit son chemin. La chaleur de la marche entra bientôt dans ses pieds.

Il ne revit pas les chevreuils, et la présence de Hucsha – si Hucsha le suivait encore (ce qu'il ne croyait pas) – ne se manifesta à aucun moment.

Au milieu du jour, alors que la pluie s'était mise à tomber, il quitta la forêt et aperçut les huttes des Ohihani, au creux du val. Le bruit de la chute d'eau gronda brusquement jusqu'à lui.

4

Accroupi, les coudes posés sur les cuisses et le torse penché en avant, Iru regardait sauter les poissons hors de l'écume qui brouillait sa vue et voilait les remous de l'eau. Peut-être aurait-il pu en attraper, si la raison ne l'avait pas interdit ; il salivait en évoquant leur chair tendre fondre dans sa bouche.

Ces poissons-là remontaient le courant depuis plusieurs jours, ainsi qu'ils le font quand les arbres perdent leurs feuilles. Ils étaient gros et jaillissaient à grands traits de lumière pour franchir par bonds les paliers de la cascade. Les Ohihani en avaient attrapé et vidé beaucoup et ils les fumaient à présent sur la longue claie couverte, entre les huttes. Les poissons qui n'avaient pas réussi à remonter les chutes, ou ceux qui arrivaient plus tard, étaient plus maigres et plus rares.

Iru et ses deux compagnons, Nata et Ohrao, ne devaient pas en manger plus que nécessaire... et prendre garde à ce que la force mauvaise de l'eau qui avait terni et lacéré les écailles des poissons ne se soit pas dissimulée dans leur chair rosâtre.

Le jour, jeune encore, était gris et brumeux. Une

pluie fine tombait ; Iru, réveillé avant les deux autres, l'avait écoutée un long moment picoter la couverture de branchages de la cahute, à l'écart de la rivière. À présent, la pluie avait cessé. Des brumes effilochées s'arrachaient aux dentures sombres et roussies des frondaisons de la rive opposée.

La voix rauque et grondeuse de la rivière emplissait Iru, s'insinuait dans ses pensées ; il grogna comme s'il pouvait faire taire l'intruse, se redressa et recula de plusieurs pas en se frappant les oreilles du plat des paumes.

La main qui se posa sur son épaule le fit sursauter, accéléra les battements dans sa poitrine. Ohrao, surpris par sa réaction, retira vivement sa main. Ils demeurèrent face à face un court instant, le souffle suspendu avant qu'Ohrao ne désigne du doigt tendu l'homme sorti de la forêt.

Au premier regard, Iru sut que c'était *lui*.

Il l'attendait.

Tous les Ohihani attendaient le Anâanni.

Iru le reconnut à sa taille et à son allure. C'était celui-là et pas un autre qu'il avait désigné par son nom aux deux femmes anâanni – puisqu'il était le seul parmi tous les Ohihani à connaître son nom et à pouvoir l'identifier.

L'homme était venu par la forêt – ce qui ne surprenait pas Iru – et non pas en suivant le passage du ruisseau qui coulait des montagnes, depuis la grande eau tranquille jusqu'à la rivière. Débouchant de la lisière, il s'était arrêté après quelques pas dans la brume rampante. Il observa les huttes un moment, au bas des caillasses parsemées de buissons dénudés, où quelques silhouettes s'activaient dans la fumée épaisse qui montait de sous l'abri de branchages ouvert. Son attention se porta ensuite sur les alentours, sur la berge visible, sur la rivière et au-delà. Il remarqua la cahute à l'écart, à l'extrémité de l'emplacement défriché, la petite fumée qui s'en élevait, les deux hommes debout à proximité, et le troisième qui en sortait.

Iru relâcha sa respiration, et son souffle chuinta derrière l'os qui obstruait ses narines. Il répondit au regard interrogateur d'Ohrao en hochant la tête et en abaissant lentement les paupières. Il adressa le même signe à Nata qui les avait rejoint ; Nata plia son corps maigre et frissonnant, s'assit sur un talon, une main posée sur le sol. Après un temps traversé par les croassements de plusieurs oiseaux noirs qui en poursuivaient un autre, Ohrao s'accroupit lui aussi. Iru était resté debout, parfaitement immobile.

Ils ne quittaient pas l'homme des yeux, leurs visages graves maculés de terre grasse et rouge, les yeux brillants au fond de leurs cavités profondes, les lèvres tirées, proéminentes et cousues par les tendons effilés qui ne permettaient qu'un entrebâillement réduit aux commissures, le nez percé d'un os en tampon devant les narines retroussées. Silhouettes terribles nimbées d'une sorte de puissance écorchée qui semblait davantage les cerner qu'émaner d'eux.

Quand il eut longuement scruté le paysage devant lui, l'homme anâanni se remit en marche. Il descendit la pente caillouteuse, s'engagea parmi les broussailles derrière lesquelles il disparut pour réapparaître plus bas.

À présent, les Ohihani devant les huttes l'avaient vu, eux aussi.

Iru grogna de satisfaction, une fois encore. Il tourna les talons et marcha vers la cahute. Les deux autres le suivirent aussitôt, traînant leurs pieds enveloppés de peaux pour les protéger des forces qui rampent sous la surface du sol. Le poisson oublié sur une des pierres du petit foyer de braises était carbonisé, noir et puant. Iru ne lui accorda aucune attention. Il prit son bâton à pointe d'os, saisit la grande peau de cerf et s'en couvrit les épaules. Ohrao et Nata firent de même.

L'homme franchissait la distance entre les broussailles et les huttes, marchant vers le groupe des Ohihani.

Iru, Ohrao et Nata attendaient. Pour eux, le moment n'était pas encore venu de rejoindre les autres.

Déjà, depuis la lisière, Ahorn l'avait cherchée des yeux, s'attendant à l'apercevoir, elle, la première, parmi les Ohihani. Tout en s'approchant, il scrutait l'attroupement compact des femmes, mais ne la vit pas.

Les huttes des Ohihani n'étaient pas accolées, comme celles des gens de la grande eau tranquille. C'étaient de vastes constructions de branchages tressés et recouverts de genêts, sur des perches fichées dans un soutènement de pierres aux joints bourrés de mousse et de terre. Il y en avait une et une autre vers le haut du courant, une et une autre encore du côté des longues chutes, avec entre elles un passage plus large qui donnait sur l'aire dégagée et plane au bord de la rivière. Un abri différent, simple couverture de branches et de peaux soutenue par des baliveaux, avait été dressé entre les huttes du côté haut du courant, protégeant le fumage des poissons disposés sur des claies.

L'assemblée se composait surtout de femmes, plus nombreuses que les doigts de ses mains, plus nombreuses en tout cas que chez les Anâanni, où les seules femmes étaient Lokkahi, Tiorhâ, Rowaki et Nomhaga. Certaines avaient vu de nombreux ciels de neige, comme Lokkahi, la plupart autant que Tiorhâ, les autres moins, comme Rowaki et Nomhaga. Beaucoup se distinguaient par la souplesse de leur corps que l'on devinait sous les vêtements de peaux, la brillance de leur chevelure noire, l'éclat des regards qu'elles ne détournaient pas, mais fixaient sur lui, le scrutant comme elles auraient détaillé l'allure, la robustesse et la vigueur d'un gibier...

Elle aurait dû se trouver parmi elles – mais Ahorn ne la voyait pas.

Un frisson lui picota le dos, des épaules au creux des reins : il savait qu'elles pouvaient toutes le choisir, qu'il *pouvait* toutes les accepter, avant de choisir à son tour l'une ou l'autre, ou même l'une *et* l'autre, contrairement à ceux qui étaient restés anâanni.

Le picotement, qui avait maintenant atteint son ventre et durci un peu plus son membre à chaque pas, cessa subitement quand les hommes se détachèrent du groupe des Ohihani et s'avancèrent à sa rencontre.

Le premier avait les bras croisés, une épaule plus basse que l'autre, les mains posées sur des biceps noueux. Son visage osseux, comme son corps, portait l'empreinte de nombreuses saisons ; ses cheveux avaient quitté le haut de son front, dénudant la peau lisse et tavelée au-dessus des rides profondes. Le lobe de ses oreilles était étiré par les pierres plates et rondes montrant qu'il y avait en lui beaucoup de paroles entendues. Les deux autres, en retrait, avaient la même carrure trapue, et la marque des grands chasseurs soulignait leurs pommettes de brûlures croisées. Ils tenaient chacun un grand bâton de presque deux fois leur taille dont la pointe effilée était simplement noircie au feu.

– D'où vient cet homme qui marche ? demanda l'Ohihani aux oreilles allongées.

– Anâanni, répondit Ahorn, indiquant la montagne dans son dos.

L'homme aux longues oreilles le savait bien, comme il connaissait la réponse à la question suivante :

– Où va cet homme anâanni ?

Ahorn montra le ciel, puis, du même doigt tendu, les abris au bord de la rivière :

– Ohihani, dit-il.

Il décrocha de sa chevelure nouée le petit morceau de bois fourchu incisé que lui avait donné Lokkahi et le présenta. Son interlocuteur n'y jeta qu'un rapide coup d'œil. Sous la paupière lourde et fripée, son regard clair ne quittait pas Ahorn, le jaugeait, étudiait le moindre changement de ses expressions, le moindre de ses gestes. Il ne dit rien, s'écarta.

Des femmes se détachèrent du groupe : une qui avait vu au moins autant de saisons froides que l'homme qui parlait, et avait comme lui les oreilles étirées par des pierres pour signifier qu'elle avait beaucoup entendu ; l'autre, très grosse, avait les joues rondes scarifiées, l'œil brillant. La première prit le petit morceau de bois fourchu, l'examina attentivement en l'approchant très près de son œil qui semblait voir le mieux, puis elle le montra à sa voisine, qui y jeta un vague coup d'œil mais manifesta son contentement en grommelant. Celle aux oreilles longues s'avança. D'un geste précis, elle empoigna d'une main les capes d'Ahorn et avant même qu'il ne songe à réagir, elle les souleva vivement et baissa de l'autre la peau qui couvrait les jambes du nouveau venu, révélant la marque sur le bas de son ventre. Un murmure satisfait roula parmi les femmes. Ahorn vit s'allumer leurs regards comme une braise sur laquelle on souffle. La vieille dit :

– Cet homme est celui qui vient parmi les Ohihani.

Le murmure s'amplifia. Des rires et des exclamations plus ou moins contenues fusèrent. Un large sourire tout en dents jaunies remontait les joues de la grosse Ohihani et lui fermait presque les yeux.

Alors, celle qui avait beaucoup entendu se tourna vers les femmes et vers l'homme qui avait comme elle beaucoup entendu, et dit :

– Ahorn est le nom de cet homme qui marche.

Un frisson glaça Ahorn. Il sentit se hérisser tous les poils de son corps, mais n'eut pas le temps de s'étonner davantage que son nom ait pu tomber ainsi de la bouche de cette femme qu'il n'avait jamais vue et qui semblait l'attendre, lui, comme si ce nom-là se fût trouvé entre ses lèvres, prêt à sortir depuis toujours, ce nom-là et pas un autre.

L'attente poisseuse qui semblait engourdir le groupe se désagrégea, comme du sable soulevé par le souffle du vent. Le groupe figé et silencieux des Ohihani se mit soudain à jacasser, entourant Ahorn stupéfait. On le palpa, le renifla, le bouscula, on le renversa à terre puis on le releva, et les femmes ne s'écartèrent que lorsqu'il émit enfin un grognement de protestation, accompagné d'un mouvement un peu rude pour se dégager de cet enthousiasme débridé qui l'étouffait. Elles laissèrent alors les hommes s'approcher de lui, et les deux chasseurs le saisirent chacun par un bras et l'entraînèrent vers les abris.

Encadré par les hommes, poussé par les femmes, Ahorn demanda où étaient les autres chasseurs ohihani ; il lui fut répondu d'un geste évasif, qu'ils se trouvaient dans la forêt environnante, sans préciser s'ils étaient peu ou beaucoup, moins ou plus que les doigts d'une main. Pourtant, juste avant que l'assistance qui l'avait entraîné jusqu'à l'entrée de la première hutte ne le pousse à l'intérieur, il aperçut, par-dessus la masse confuse de visages et d'épaules, les silhouettes étrangement statiques des trois hommes qu'il avait déjà remarqués près du petit abri, quand il était sorti des bois : ils se tenaient maintenant à mi-distance entre la cabane tassée et les grandes huttes. Immobiles, appuyés sur leurs grands bâtons, comme si, de là-bas, ils attendaient que s'apaise l'animation bruyante.

La pénombre de la hutte le surprit, lui fit l'effet un court instant de se retrouver au fond d'un gouffre. En même temps, les exclamations et les cris retombèrent, et la bousculade à l'extérieur se calma brusquement. Ses yeux s'habituèrent vite à l'obscurité tandis que la poigne enserrant son bras se dénouait.

L'endroit ne différait guère, au premier abord, de l'intérieur d'une hutte anâanni. Des peaux de cerfs et de chevreuils étaient tendues sur une partie des flancs de branchages incurvés ; dépouillées et vidées, plusieurs carcasses de renards gris pendaient sous le toit, à l'une des perches croisées qui reliaient les poteaux de soutènement ; le sol de pierres plates était jonché d'herbes, de feuilles et de bruyères sèches, divisé en plusieurs espaces bien définis, ici couverts de peaux et de fourrures pour le sommeil, là d'épluchures de bois et d'éclats de pierre, où se façonnaient armes et outils, ici encore de débris osseux et là de tas de branches et de souches. Il y avait deux foyers aménagés dans les pierres du sol, sur la longueur de la hutte, l'un comblé de vieilles cendres et de fragments de racines et d'os en partie calcinés, l'autre rempli à ras bord de braises palpitantes sur lesquelles un bout de grosse branche fendue se consumait en chuintant. Une forte odeur de sueur, de viande, de bois, d'os brûlés et de cendre emplissait le lieu, sous la fumée qui stagnait mollement à hauteur d'homme.

Un des chasseurs et l'homme aux longues oreilles qui l'accompagnait le conduisirent près du foyer de braises. Le trouble bruissait toujours dans la tête d'Ahorn.

Le vieux aux longues oreilles et au regard à peine entrouvert tira au sol une des fourrures à portée de main, la plaça près du feu, et lui fit signe de s'y installer ; Ahorn attendit pour obéir à son invitation qu'il eût pris pour lui une autre fourrure et s'y fût assis. Le chasseur, lui, resta debout, fourragea dans le feu, y ajouta d'autres bouts de branches. La fumée grimpa brusquement avec des flammes claires. Devant l'entrée, l'assistance s'était regroupée mais sans cris, simplement parcourue d'un bourdonnement rythmé par la bousculade.

L'homme assis face à Ahorn présenta ses deux mains ouvertes, paumes en l'air, et dit :

– Ahorn avec les Ohihani.

Le brouhaha, au dehors, tomba.

– Ahorn avec les Ohihani, confirma Ahorn.

Il lâcha le bâton à son côté pour se toucher la poitrine des deux mains ouvertes, et les tendit ensuite vers son vis-à-vis. Celui-ci toucha du bout de ses doigts les doigts d'Ahorn, hocha la tête et dit, se désignant :

– Varakh. Varakh dit les paroles des Ohihani, pour qu'Ahorn les entende.

Un bref frisson au creux de la poitrine glaça Ahorn.

– Par quelle marche le nom d'Ahorn est-il venu dans les oreilles des Ohihani ? demanda-t-il d'une voix rêche et basse.

Il crut voir un sourire rapide sur les lèvres plates de Varakh et son œil briller d'un éclat fugace.

– Ahorn ne doit pas avoir froid pour son nom. Ce nom est dans la chaleur du feu qui réchauffe les Ohihani.

Au milieu des Ohihani, Ahorn n'avait pas froid pour son nom, mais il ne voyait pas, dit-il, dans les images au-dedans de ses yeux, quelle marche avait suivi son nom, sans lui, jusqu'aux oreilles de cette femme, d'abord, et de cet homme Varakh, ensuite, et de tous les Ohihani, peut-être.

– Arusi est la femme qui a vu beaucoup et a beaucoup entendu, dit Varakh. Notomhb est celle qui est grosse comme plusieurs femmes ; elle a sur son visage le signe des femmes-nuages. Arusi et Notomhb ont porté un jour la parole des Ohihani aux femmes anâanni, et les femmes ohihani l'ont entendu.

Il se tut. Le front plissé, Ahorn attendait. Varakh ajouta :

– Mais le nom d'Ahorn a suivi une autre piste. Ahorn la trouvera, et il ne doit pas avoir froid pour son nom.

Ahorn laissa glisser un peu de silence, comme une parole muette tendue entre Varakh et lui, parmi les chuchotements venus du dehors et les crachotements du feu. D'une voix qu'il s'efforçait d'affermir, il dit posément, dans un souffle :

– Ahorn n'a pas froid.

L'apaisement descendit sur le visage raviné de Varakh.

Tout au long de cette journée de lumière grise, entre brume et brouillasse, les Ohihani manifestèrent leur satisfaction de voir parmi eux le nouvel homme fort.

Jusqu'au soir, Ahorn ne quitta pas la hutte, qui était, lui dirent-ils, la meilleure de toutes, la plus chaude, dont le feu principal fumait le moins, dont les parois et la couverture ne laissaient passer ni la pluie, ni la neige, ni le vent froid. Il put se choisir une place (on lui indiqua la plus confortable) et des fourrures pour le sommeil. Ils firent en sorte que les flammes du foyer ne soient jamais basses. Ils lui donnèrent à manger de la viande de renard grillée et de ce poisson qu'ils fumaient pour le garder longtemps, ils lui offrirent de l'eau fraîche dans une panse de chevreuil, et tandis qu'il mangeait et buvait, ils lui racontèrent les jours d'avant consacrés à attraper les poissons qui remontaient le courant de la rivière. Ahorn les écouta attentivement. La chaleur était autour de lui et en lui. L'autre chasseur avait rejoint le premier, et c'étaient eux surtout qui parlaient, plus que Varakh. Ils avaient pour noms Etaho et Liethi.

Puis les femmes défilèrent dans la hutte, à la suite d'Arusi qui l'avait accueilli et de la grosse Notomhb perpétuellement souriante. Celles qui lui apportèrent à manger et à boire lui dirent aussi leur nom : Nhei-ga et Oelo. Elles étaient agréables au regard, leur ventre n'avait pas encore donné d'enfant, et leurs yeux sombres étaient remplis d'étincelles. Mais les autres aussi étaient agréables à regarder, et Ahorn ne s'en priva pas, alors qu'elles se succédaient et s'accroupissaient devant lui pour se montrer et lui offrir des paroles d'accueil avec leur nom. Les enfants qui marchaient vinrent aussi le regarder de leurs grands yeux ronds, et les seuls qui ne lui accordèrent pas un brin d'attention furent les nourrissons au visage enfoui dans le sein de leur mère.

D'abord, Ahorn éprouva une chaude et paisible sensation de flottement. Puis le frisson, qui l'avait traversé une première fois quand Arusi aux longues oreilles avait dit son nom, revint et lui fit l'impression de s'installer sous sa peau.

Comme si, de quelque part, une force *okough* invisible tentait de le pénétrer... Il fit l'effort de la repousser et de la maintenir à l'écart.

Mais ce n'était probablement pas cela.

C'était peut-être ce que tous les Ohihani, hommes et femmes, savaient et ne lui disaient pas, ce qui les poussait à détourner le regard, quand ils sentaient la question sur le point de tomber de ses lèvres après qu'ils l'avaient perçue dans ses yeux.

Alors il cessa d'attendre.

Il savait qu'*elle* ne viendrait pas s'accroupir devant lui pour lui donner son nom, comme l'avaient fait toutes les autres au long du jour. Le frisson se changea en creux pesant lové comme une mauvaise nourriture au fond de son ventre.

Ahorn ne vit pas non plus d'autres chasseurs, à part Liethi, Etaho et Varakh, et quand il demanda une fois encore où étaient les hommes ohihani, Varakh lui répondit, comme il l'avait déjà fait sur un ton léger et définitif à la fois, qu'ils étaient dans la forêt. Il ne dit rien de ceux qu'Ahorn avait aperçus près de la cahute aplatie, et qui s'étaient approchés des grands abris.

Les paroles de Hucsha, la nuit passée, revinrent dans la tête d'Ahorn. Et les fumées qui flottaient sous la voûte de branchages se firent plus compactes.

Puis il mangea encore, avec les occupants de l'abri, après le départ des deux chasseurs et des femmes qui n'y dormaient pas.

Varakh et Arusi restèrent en sa compagnie. Un peu en retrait, la grosse Notomhb, au visage de lune pâle, surveillait le feu qu'elle alimentait régulièrement en branchettes. Tour à tour, Varakh et Arusi lui racontèrent les jours des Ohihani, et comment l'ours avait tué plusieurs hommes avant d'être lui-même abattu ; ils lui montrèrent la peau pendue au fond de l'abri, contre la paroi donnant sur la forêt – ce n'était pas celle de la bête dont Ahorn gardait de lointaines images. Leurs paroles flottaient, dans les sifflements et les craquements du feu, soulignées parfois par le cliquetis des pierres d'oreilles. Au-dehors, les occupations avaient repris, les cris des enfants s'étaient espacés, puis éteints, et on entendait plus haut, comme soulevé, le grondement des chutes de la rivière.

Ahorn sortit de la hutte alors que le soir tombait ; Varakh lui indiqua où il pouvait vider son ventre, l'accompagna dans un creux de la berge que noierait la prochaine montée des eaux.

Ils étaient là quand il se redressa.

Le bruit de l'eau l'avait empêché de les entendre s'approcher – ou bien ils se tenaient là, à proximité immédiate, cachés derrière la hutte la plus proche et n'attendant que l'instant où Varakh le guiderait jusqu'ici pour surgir.

Les paroles de Hucsha revinrent à ses oreilles, s'amplifièrent et s'effacèrent.

Ahorn était debout, les mains vides, les pieds nus enfoncés dans la terre sableuse et molle où perçaient quelques touffes d'herbe. Son bâton était resté dans la hutte...

Varakh, lui-même accroupi en attendant qu'Ahorn eût fini de se vider le ventre, se redressa lentement, sans un regard pour les trois hommes pourtant si visibles, preuve que leur présence soudaine ne le surprenait aucunement. Sa bouche s'ouvrit sur des mots qu'Ahorn n'entendit pas et qu'emporta le bruit de l'eau.

Ils étaient maigres, plus exactement amaigris, les os de leurs hanches saillaient sous le pagne de peau, leurs épaules semblaient ployer sous le poids de la dépouille de grand cerf qui les couvrait. Les longs bâtons qu'ils tenaient dans une main et sur lesquels ils s'appuyaient n'en paraissaient que plus lourds et disproportionnés. Du haut de cette position légèrement surélevée, leurs yeux brillants semblaient n'être qu'un seul regard qui plongeait vers Ahorn et ne le quittait pas ; ils cillaient à peine. Leur bouche était cousue et leur nez traversé d'un os.

D'un geste de la main, Varakh invita Ahorn à quitter le renfoncement de la berge. Il obéit. Les trois hommes maigres et silencieux reculèrent. En même temps que les battements qui frappaient sa poitrine et ses tempes, les paroles de Hucsha se firent entendre de nouveau sous son crâne : le compagnon d'Arusi et de la grosse Notomhb qui avait assisté à la rencontre avec Lokkahi et Tiorhâ était sans doute un de ces *nokh* vulnérables aux assauts sournois des forces invisibles *okough*.

Posant une main rassurante sur le bras d'Ahorn, Varakh dit :

– Ahorn ne doit pas craindre les Ohihani. Ahorn est avec les Ohihani.

– Ces hommes *nokh* sont ohihani ? demanda Ahorn en détournant d'eux son regard.

L'épaule de travers de Varakh se haussa légèrement, retomba. Il dit :

– Les hommes *nokh* sont hommes *nokh*.

Mais il hocha la tête pour répondre affirmativement à l'interrogation d'Ahorn.

– Où sont les Ohihani chasseurs ? demanda encore Ahorn, montrant la forêt d'un geste si ample qu'il signifiait le peu de crédit qu'il accorderait aux réponses déjà entendues.

Mais Varakh garda le silence, paupières closes, courba la tête un instant en une brève attitude soumise. Il dit :

– Les autres gens de la forêt sont dans la forêt. Pas les Ohihani. La forêt est trop grande pour les Ohihani. Les Ohihani chasseurs sont Liethi et Etaho. Et la force est légère dans les bras et les jambes de Varakh qui parle, la forêt s'en va des yeux et du nez de Varakh. Varakh n'est plus un chasseur.

– Où sont les hommes chasseurs ohihani ? Nagourh en a tué beaucoup ?

Varakh secoua de nouveau la tête pour dire que non, l'ours n'en avait pas tué beaucoup. Il montra, sans les regarder, les hommes silencieux debout à l'écart, en arrière :

– Les hommes *nokh* étaient des chasseurs, dit-il. Maintenant, ils gardent leur nom dans leur bouche fermée.

Ce qui était bien sûr la première précaution à prendre pour un homme *nokh*, Ahorn le savait, comme le savaient les hommes et les femmes ohihani ou anâanni, ou les hommes et les femmes de huttes lointaines. Il garda lui aussi bouche close. Il avait vu un homme *nokh* une fois, parmi les Anâanni, il en gardait des images désordonnées, floues. Un seul homme *nokh* une seule fois, qui était redevenu anâanni bien avant que le *nokh* le fasse maigrir comme ceux-là.

Ils étaient un et un et un, en même temps, ensemble, parmi les Ohihani.

Quel terrible écart les avait éloignés de la route quotidienne des Ohihani, pour les livrer aux coups des forces invisibles d'Okough ?

Au geste que fit Varakh pour l'inviter à s'accroupir et écouter, le dernier doute que pouvait encore avoir

Ahorn sur l'intention de l'homme aux oreilles allongées s'envola.

Le jour finissant comblait les creux environnants d'ombres de plus en plus épaisses, mangeait les couleurs pâles encore accrochées à certains arbres de la forêt. Les huttes évoquaient de gros animaux au dos rond couchés sur leurs pattes repliées, et les portières de peaux baissées sur les ouvertures donnant vers la rivière ne laissaient rien passer de la lueur des foyers. L'abri ouvert entre les huttes était maintenant désert, le feu de braises éteint, à peine hérissé de fumerolles et de flammèches embrasant de loin en loin les dernières gouttes de graisse, sous les claies à poissons vides.

Les Ohihani se tenaient sous les huttes noires ; ils savaient qu'au-dehors celui dont les oreilles avaient entendu beaucoup de ce que disent le vent et les hommes, les yeux vu beaucoup de jours et de nuits en marche, sous le regard de pierre des *nokh* à qui les huttes étaient interdites, s'était accroupi pour parler à l'homme fort venu des Anâanni. Pour lui dire la raison de sa présence parmi eux, qui n'était sans doute pas uniquement celle qu'il croyait. Ils attendaient.

Ahorn les voyait, au-dedans de ses yeux, voyait les femmes sous les huttes, leurs gestes rares et lents, assises autour des foyers dont elles maintenaient la flamme courte. Il voyait le visage d'Arusi, ses yeux clignant dans les palpitations du feu, le pli dur de sa bouche... Il voyait la face lunaire et huileuse de Notomhb aux joues marquées, dont les yeux pouvaient aller dans les nuages... Et même les enfants se taisaient, immobiles, attentifs, même les tout petits dont la mère tardait à fourrer le téton d'un sein gonflé dans la bouche – ou s'ils pleuraient et rechignaient, la rivière parlait plus haut.

Varakh se pencha vers lui – et juste avant qu'il ouvre la bouche, Ahorn sut qu'il allait prononcer *son* nom.

– Ene'a n'est plus une femme ohihani, dit Varakh.

5

Comment Varakh qui avait entendu tant de paroles et de bruits, les paroles des hommes mais aussi celles des arbres, des gens de la forêt et des eaux et du ciel, que porte le vent, comment pouvait-il savoir que c'était elle, Ene'a, qu'Ahorn voulait entre toutes ?

Ou était-ce Arusi qui le savait ? Ou bien Notomhb qui parlait aux nuages ?

Les nuages, qui sont le souffle d'Okough, la parole visible d'Okgha le Rêve, et Okgha le Rêve qui est la parole d'Okough dans la tête des hommes, le savaient-ils ? L'avaient-ils vu marcher vers elle ? L'avaient-ils vu devenir le plus fort des Anâanni pour elle ?

Les interrogations tournaient avec le bruit de la rivière dans la tête d'Ahorn, derrière son visage figé. Tout le jour, il avait fermé sa bouche sur ce nom-là. Tout le jour, il avait redouté, autour de ce nom-là, les paroles irrémédiables...

Il ne dit rien – il n'avait rien à dire, pas encore. Il était là pour entendre, et c'était pourquoi le Ohihani l'avait conduit jusqu'ici où la voix de la rivière pourrait cacher ses paroles et les soustraire aux oreilles tendues des forces invisibles qui guettaient.

Un renard lança un grand cri solitaire, dans la profondeur noire de la forêt.

Et ce fut ainsi : penché vers Ahorn, dans le creux froid et humide de la berge, sous le regard des trois hommes *nokh* debout à quelques pas, Varakh raconta.

Ils étaient venus, dit-il, de l'autre côté de la rivière.

La première fois, c'était au crépuscule, quand les jours redeviennent longs. L'ours dormait encore dans sa tanière sous la neige. Ils avaient vu la fumée, un filet, presque rien, qui s'élevait entre les cimes blanchies de l'autre rive. Ç'aurait pu être un souffle de la forêt, comme elle en exhale après la pluie – mais le froid était trop vif pour cela et le souffle de la forêt était enseveli sous la neige et la terre durcie. Une fumée, un homme... *des* hommes, certainement, qui avaient construit un feu pour affronter la nuit, cherchaient dans le sous-bois les branches mortes susceptibles de brûler après les avoir épluchées de leur écorce protectrice, après les avoir fait suer un peu aux flammes hésitantes...

Les Ohihani avaient regardé la maigre fumée, de plus en plus maigre jusqu'à ce que la nuit s'installe... Durant toute la nuit, certains étaient restés à l'affût au bord de la rivière qui glissait, étranglée par les glaces. Au matin la fumée n'était plus là.

Alors, soudain ils apparurent.

Ils marchaient vers la rivière, laissant derrière eux une trace rectiligne.

Ils étaient autant que les doigts d'une main, plus un. Hommes ou femmes, la distinction ne se faisait pas encore, à cette distance, sous les épaisseurs de peaux et de fourrures de leur accoutrement. Ils étaient de grande et forte taille pour la moitié d'entre eux, les autres étaient plus petits, et ils tenaient tous un ou plusieurs épieux et des bâtons légers pour lancer. Au cou de celui qui ouvrait la marche, pendaient deux lièvres blancs, ventres ouverts, liés par les oreilles.

Ils plantèrent devant eux leurs bâtons dans la neige, pointe en bas, crièrent leur nom aux Ohihani, par-dessus la rivière : ils étaient Ohisihan.

L'eau basse de la rivière était encore serrée dans la glace dure ; avant que le jour monte au plus haut entre les nuages sans cesse déchirés, les Ohisihan purent la traverser, aidés par les Ohihani qui leur jetaient des lanières de peaux tressées nouées à des perches qu'ils étaient allés tailler. Voilà comment les Ohisihan avaient rencontré les Ohihani et s'étaient mêlés à eux.

Il n'y avait pas de femmes dans le groupe de chasseurs, dont l'un gardait son nom enfermé dans sa bouche et qu'ils appelaient Han-Ohisihan – comme l'appelèrent eux aussi les Ohihani. Les femmes étaient ailleurs, et avec elles d'autres chasseurs, au bout d'un val encaissé au-delà des montagnes, à plusieurs jours de marche dans la neige. Ils venaient, disaient-ils, de ces autres montagnes plus lointaines qui portent le bout du ciel, et dont on aperçoit les têtes toujours blanches par grand ciel clair, d'où jour après jour monte la lumière.

Ils racontèrent longtemps, et les Ohihani écoutèrent. Certaines de leurs paroles étaient nouvelles, et faisaient des images jamais vues jusqu'alors. Ils dirent que les montagnes du bout du ciel ne portaient pas le bout du ciel, comme le croyaient les Ohihani, qu'elles n'étaient pas les plus hautes, que derrière elles le ciel n'était pas fini, qu'il y avait d'autres forêts et d'autres rivières et d'autres gens ; ils dirent que le froid qui demeure ne couvrait pas toute la montagne, mais seulement les hauteurs sans arbres ; ils dirent aussi que le froid durait de plus en plus de jours et que c'était pour cela que les Ohisihan étaient partis.

Ainsi, ces Ohisihan s'installèrent parmi les Ohihani de la rivière où on marche sur l'eau.

Ils avaient des bâtons faits pour lancer, munis de pointes d'os ajustées dans une entaille à leur extrémité – qui se détachaient de la hampe une fois plantées – et qu'on pouvait aisément réarmer. Leurs pieds et leurs jambes étaient enveloppés jusqu'au genou de plusieurs sortes de peaux, épaisses pour le pied, plus souples pour le mollet, cousues et maintenues serrées par un laçage, fourrées d'herbe retirée chaque nuit pour la sécher, et qu'ils nommaient *kaâ-nik-oer*, une autre peau de jambe pour repousser le froid. Les Ohihani regardèrent dans quoi et comment étaient taillées et fixées les pointes de ces bâtons, quelles étaient les peaux et comment elles étaient assemblées et cousues pour faire ces *kaâ-nik-oer*.

Les Ohisihan n'avaient jamais mangé de poissons séchés par la fumée.

Han-Ohisihan était celui qui parlait le moins. Mais quand il le faisait, les autres Ohisihan se taisaient aussitôt pour l'écouter. Les Ohihani firent de même. Il y avait une grande force en lui, décelable dans le moindre de ses gestes et dans son regard étréci, dur comme la glace pâle des montagnes qu'il avait quittées. Les yeux de Han-Ohisihan avaient une extrême pâleur, presque transparente, comme jamais auparavant les Ohihani n'en avaient vu.

Han-Ohisihan était la voix que les Ohisihan écoutaient et suivaient. Il savait parler aux forces invisibles qui sont sous la terre, dans le ciel, et dans les pas de ceux qui ne marchent pas seulement sur deux pieds. Il parlait en traçant leur image sur le sol du bout d'une baguette, sur une pierre ou une écorce, avec un morceau de bois brûlé, et c'est ainsi qu'il les convoquait et partageait leur présence. C'est ainsi que la voix des forces invisibles parlant pour les cerfs *oragh*, les chevreuils *ragh* et leurs troupes de femelles *akoragh*, lui avait dit que les Ohisihan devaient quitter la très haute montagne pour marcher vers où s'en va le soleil à la fin de chaque jour. Il savait dire avec les traits noirs du brandon éteint, en quelques gestes fluides, précis, du bout des doigts, l'importance d'un troupeau, la rapidité de sa course.

Han-Ohisihan, le Ohisihan, était un homme différent.

Quand Varakh eut raconté l'histoire des Ohisihan et de Han-Ohisihan, il fit une pause. La nuit était maintenant complètement sortie de la terre, montée jusqu'aux nuages. De Varakh assis, enveloppé dans sa grande cape de peaux cousues, Ahorn ne distinguait plus qu'une masse tassée, aux contours imprécis, avec la bosse que faisait son épaule plus haute.

Derrière Varakh, la portière descendue sur l'ouverture de la hutte la plus proche fut soulevée, laissant passer une coulée rapide de lumière chaude dans laquelle se découpa la silhouette d'Arusi, qui se redressa et demeura là un instant, scrutant la nuit vers la rivière et s'assurant de la présence, sur la berge, de celui qui parlait, de celui qui l'écoutait, et des trois hommes *nokh* qui se tenaient toujours sans broncher à quelques pas. Puis elle rentra dans l'abri, et ce fut de nouveau la nuit close.

Un frisson traversa Ahorn, qui s'enveloppa un peu plus dans la peau de grand cerf. Dans les arbres au bout du groupement des huttes, un oiseau *houlou* poussa une suite de cris saccadés. Puis il s'envola, emportant son chant, et fut bientôt trop éloigné pour qu'on l'entendît encore à travers les roulades entrechoquées de la rivière.

Varakh aux oreilles longues se remit à parler.

Les Ohisihan restèrent parmi les Ohihani un nombre de jours et de nuits pendant lesquels le froid se retira, chassé par une pluie qui gonfla la rivière et fit craquer ses glaces, et il fut bientôt impossible pour eux de retraverser l'eau furieuse qui avait emporté les berges de neige. Ils quittèrent pourtant les huttes, séparés en deux groupes qui suivirent la rivière à la recherche d'un passage possible pour retourner parmi les leurs : le groupe qui suivit le courant était composé d'Agohan, Viaoh, Masshaho, et le groupe qui remonta le courant comprenait Tohki, Nocnaoh, accompagnés de Liethi, un Ohihani.

Han-Ohisihan, lui, demeura dans les huttes, avec les Ohihani.

Les femmes étaient autour de lui, comme si elles l'avaient toutes choisi...

Han-Ohisihan était à la fois un homme différent et pareil aux autres. Il parla à plusieurs femmes ohihani, pendant les nuits qui s'écoulèrent avant le retour des deux groupes partis l'un vers le début et l'autre vers la fin de la rivière. Aucun n'avait trouvé de passage et ils étaient revenus sur leurs pas, comprenant que les chances d'en découvrir un devenaient de moins en moins grandes : même si les pluies ne tombaient plus sans discontinuer, le froid n'était pas revenu et la rivière grondait, de plus en plus haute, gorgée de neige et de glace fondues.

Les Ohisihan étaient de nouveau parmi les Ohihani, et ils restèrent dans les huttes jusqu'aux feuilles nouvelles de la forêt, quand les herbes se redressent et les ventres des femelles *akoragh* sont pleins. La rivière était encore bien large, ses chutes tonitruantes, mais la plus grosse fureur des eaux était retombée. La neige demeurait, sur les cimes élevées, ou dans les creux profonds que le soleil touchait à peine.

Ce jour-là, les Ohisihan étaient partis avec leurs bâtons à lancer et leurs épieux sur les traces d'une horde de sangliers noirs, et quand monta le soir dans la légère pluie douce, ils n'étaient pas revenus. Chotteh et Ene'a, qui avaient quitté les huttes à un moment du jour pour cueillir des bourgeons tendres dans la forêt, n'étaient pas, elles non plus, rentrées.

La nuit d'attente fut longue dans les huttes des Ohihani.

Puis le jour se montra. Les Ohihani comprirent que ni les femmes ni les Ohisihan ne reviendraient. Ils comprirent que les Ohisihan, conduits par Han-Ohisihan, étaient repartis vers les leurs et avaient emmené les femmes ohihani avec eux.

Notomhb interrogea les nuages et les nuages le lui dirent : les Ohisihan avaient pris Ene'a et Chotteh et ils étaient repartis vers leurs huttes de l'autre côté de la rivière. Les nuages annoncèrent à la grosse Notomhb que, sans doute, les femmes étaient ce que voulaient ces gens, autant que le gibier et les terres nouvelles où marcher, car il n'y en avait pas dans leur groupe, et peut-être pas non plus, ou trop peu, sous leurs huttes. Mais ce que les nuages avaient dit par la bouche de Notomhb, certains des Ohihani ne voulaient pas l'entendre et disaient que les Ohisihan n'avaient même pas de huttes où aller, qu'ils n'étaient qu'un groupe de chasseurs de femmes.

Alors des hommes prirent leurs bâtons pour chasser et ils allèrent dans la forêt où ils cherchèrent les traces. Ils cherchèrent jusqu'aux ombres les plus courtes du jour, et trouvèrent. Les traces disaient qu'à aucun moment les Ohisihan n'avaient pisté la harde de sangliers noirs... Ils étaient simplement restés à l'affût, sachant que les femmes viendraient là cueillir des bourgeons.

Les Ohihani suivirent les traces qui s'enfonçaient dans la forêt puis repartaient vers la rivière et longeaient la berge face au courant. Une pluie forte se mit à tomber avant la fin du jour. La nuit se coucha sur eux, ils dormirent perchés dans les arbres, sans feu, sous la pluie violente qui ne s'arrêta pas, puis ce fut un autre jour et les Ohihani reprirent leur traque interrompue. La pluie tombait encore et la rivière était redevenue grosse d'eaux boueuses qui charriaient des souches et des troncs. Les Ohihani parlaient à la pluie tout en marchant et lui demandaient son aide. Ils lui demandaient de ne pas s'arrêter de tomber, car les chasseurs de femmes ne pourraient jamais traverser une rivière aussi furieuse.

Pourtant, il était trop tard. Les chasseurs de femmes avaient franchi la rivière *avant* que la pluie soudaine ne la fasse grossir. Les Ohihani trouvèrent l'endroit : au-dessus des flots rageurs qui battaient la rive submergée, pointait ce qui restait des troncs taillés à mi-corps ; les troncs abattus en travers du cours d'eau avaient été, bien sûr, emportés. Ils trouvèrent aussi Chotteh. Elle était nue, couchée sur le ventre dans les buissons au pied d'une roche et la pluie avait emporté tout le sang de sa tête ouverte.

Les hommes ramenèrent avec eux le corps de cette femme qui s'était appelée Chotteh, afin qu'elle soit redonnée à la terre dans un lieu sans colère.

Voilà comment, dit Varakh, les Ohisihan et Han-Ohisihan étaient venus parmi les Ohihani et comment ils avaient tué la femme qui n'avait pas voulu les suivre, et comment ils avaient emmené Ene'a de l'autre côté de la rivière.

Après cela, de sa voix égale, en réponse à la question d'Ahorn, Varakh dit que les Ohihani avaient attendu tout le temps des premières feuilles, et encore le temps d'une lune ronde, avant de pouvoir traverser la rivière. Ils avaient désigné Iru, Ohrao, Nata, et un autre encore pour partir à la recherche des chasseurs de femmes. Et il ajouta que cette histoire s'était passée il y avait de cela un temps de premières feuilles jusqu'aux feuilles tombées, puis un temps de neiges froides, puis encore un temps de premières feuilles jusqu'aux feuilles tombées de maintenant.

Le bruit de la rivière était devenu lointain dans le silence. Ahorn dit :

– Ces hommes ont traversé la rivière...

Varakh tressaillit. Les paroles qui semblaient s'être enfuies un moment hors de lui revinrent et s'écoulèrent de sa bouche :

– Ils ont traversé la rivière. Ils ont trouvé et suivi les pas des Ohisihan.

– Ceux qui marchaient avec Han-Ohisihan ?

– Les hommes venus avec Han-Ohisihan, et d'autres, et des femmes. Beaucoup. Les Ohisihan ont plusieurs huttes.

– Ene'a est sous ces huttes ?

– *He-e*, approuva Varakh. Iru, Ohrao, Nata l'ont vue, et ils ont voulu la reprendre, mais Han-Ohisihan a une force qui vient des forces invisibles. Il parle aux oreilles d'Okough... Les Ohihani sont revenus sans Ene'a... et sans celui qui était parti avec eux, et dont les Ohisihan ont pris le nom après l'avoir fait tomber sous leurs bâtons. Les Ohihani n'étaient pas assez forts pour reprendre Ene'a. La force de Han-Ohisihan les a repoussés. Quand ils sont revenus des huttes ohisihan, la force *okough* les regardait et essayait d'entrer en eux pour éteindre leur souffle. Parce qu'ils n'ont pas repris Ene'a, ces hommes sont maintenant des *nokh.*

Comme Ahorn tournait la tête en direction des trois *nokh,* toujours pétrifiés, la main ouverte de Varakh s'interposa entre son regard et les silhouettes. Ahorn ferma les yeux, puis les rouvrit et reporta son attention sur Varakh.

– Ahorn a les bras assez forts, dit Varakh.

Le froid du sol traversa Ahorn de part en part, du fond de son ventre au dedans de son crâne. Il dit :

– Ahorn... Ahorn est avec les Ohihani...

Il s'interrompit. Les paroles étaient trop lourdes, trop nombreuses, mêlées et râpeuses dans sa bouche sèche.

Varakh dit :

– Ahorn est très fort et Okgha le Rêve, qui est la parole d'Okough, lui a parlé. Ahorn est avec les Ohihani *et Han-Ohisihan ne l'a jamais vu*. Les Ohihani sont un arbre aux feuilles qui tombent. La force des Ohihani n'est plus que dans les chasseurs Etaho et Liethi...

– D'autres chasseurs marchent dans la forêt, dit Ahorn très vite.

Varakh battit le vide de la main, devant sa bouche :

– Les autres chasseurs dans la forêt sont les ombres des chasseurs que le souffle a quittés. Les Ohihani sont un arbre aux feuilles qui se détachent ; les Ohihani ne sont plus que des femmes et Varakh qui parle, et Etaho, et Liethi, et ces hommes *nokh* qui regardent les forces mauvaises d'Okough. Alors, Ahorn vient, avec toute la force partie des Ohihani. Varakh voit Ahorn traverser la rivière avant qu'elle ne soit trop grosse, et marcher jusqu'aux huttes où Ene'a attend. Ahorn n'est pas dans les yeux des Ohisihan, et Okgha le Rêve qui est la parole d'Okough l'a regardé. Ahorn prendra cette femme et il reviendra avec elle dans les huttes des Ohihani, avant que la rivière ne devienne trop grosse, et cette femme sera avec lui, et toutes les femmes qu'il choisira seront avec lui.

Ahorn secoua la tête en signe de désaccord :

– Han-Ohisihan ne laissera pas partir Ene'a, dit-il.

– Ahorn prendra le souffle de Han-Ohisihan. Okough ne le regarde pas comme un Ohihani, sa colère n'est pas sur lui. Les Ohihani n'ont pas su garder les femmes, n'ont pas su les reprendre, et c'est pourquoi Okough qu'on ne voit pas les regarde avec un œil de colère. Ahorn n'est pas encore un homme ohihani. Il prendra le souffle de Han-Ohisihan, s'il doit le faire. Sa force est plus grande que celle de Han-Ohisihan, et la marque de cette force est sur la peau de son ventre.

– Mais Ahorn ne veut pas marcher vers les huttes des Ohisihan.

– Il marchera.

– Mais s'il ne marche pas ?

– Alors, Ahorn ne restera pas sous les huttes des Ohihani. Il ne retournera pas sous les huttes des Anâanni, qui l'ont donné aux Ohihani pour sa force, contre des femmes ohihani. Il sera sous le regard de colère d'Okough, seul comme un vieux *oragh* sans force, sans hutte, sans un homme ou une femme pour le regarder, et les autres gens s'enfuiront devant ses pas.

Un temps, Ahorn garda la bouche ouverte, les battements de sa poitrine frappant dans un grand vide aux contours brûlants, puis il aspira à pleine bouche l'air froid de la nuit. Toutes ces images nouvelles évoquées par Varakh, mêlées à celles vues par ses yeux depuis son arrivée dans les huttes ohihani, s'agitaient dans sa tête comme un buisson violemment secoué par le vent. Et le nom d'Ene'a battu par le tourbillon...

– Ahorn traversera la rivière, dit-il, à voix basse.

Un gloussement étrange sortit de la gorge de

Varakh, un bruit qui paraissait ne pas venir de lui, comme cette excitation qui s'empara de lui et le secoua en tous sens, faisant jaillir ses bras et ses mains de sous la cape, dépliant son corps en une suite de soubresauts. Il se redressa, sautilla sur place, tandis que les gloussements continuaient de tomber de sa bouche. Il pressa Ahorn de se lever lui aussi, l'entraîna et le poussa vers la hutte. Il parut reprendre le contrôle de ses gestes avant de soulever la peau de l'entrée.

La chaleur, la lumière palpitante, tous les regards brillants des occupantes, tombèrent sur Ahorn, lui séchèrent la gorge et firent dans son ventre un grand trou.

Il entendit la voix de Varakh derrière lui, annoncer qu'il allait traverser la rivière et retrouver la femme emportée, et prendre le souffle des chasseurs de femmes s'il le fallait. Elles se précipitèrent, l'entourèrent, l'attirèrent, dans un brouhaha d'exclamations enthousiastes... À cet instant, il crut vraiment à sa propre volonté de faire tout ce qu'avait dit le Ohihani aux longues oreilles...

Elles lui donnèrent encore à manger des poissons attrapés quelques jours auparavant et grillés sur des pierres plates, lui donnèrent à boire du sang d'arbre mélangé à de l'eau qu'elles avaient gardé dans une panse de chevrette depuis les premières feuilles, et qui picotait la langue. Certaines mangèrent et burent avec lui. Des deux chasseurs, seul Liethi se trouvait là, légèrement à l'écart, en compagnie de Varakh et Arusi, contemplant d'un air réjoui le repas animé sans y participer. Le regard d'Arusi, attentif au moindre geste d'Ahorn, brillait mais son visage gardait dans l'euphorie ambiante une immobilité de bois.

Au milieu de la nuit, Ahorn, le corps rempli de chaleur, le ventre tendu, la tête piquante, l'œil vague et l'air content, écoutait la grosse Notomhb au visage de lune lui dire que les bons nuages l'accompagneraient et le guideraient tout au long de ce qu'il avait *décidé* de faire après avoir traversé la rivière. Quelques femmes avaient alors quitté l'abri, ainsi que Liethi et Arusi, mais Ahorn ne le remarqua pas. Puis Notomhb cessa de parler...

Les femmes entraînèrent Ahorn vers la couche qui lui était attribuée. Ses jambes étaient à la fois légères et comme entravées par une fatigue étrange, presque agréable. Il se sentait satisfait, un sourire épanoui, silencieux, détendait ses traits. Elles l'obligèrent à se coucher, riant, lui retirant sa cape de dessous, posant leurs mains sur sa peau et le touchant longuement.

Il ferma les yeux. Dans sa tête, aussitôt, surgit la silhouette accroupie de Hucsha, la nuit d'avant, et s'élevèrent ses paroles qui signalaient la présence de l'homme *nokh* ohihani au cours de la rencontre entre les femmes ohihani et anâanni. Il ressentit cela comme une main refermée sur son bras, une main qui l'eût retenu pour l'empêcher de chuter, au bord d'un ravin. Il rouvrit vivement les paupières et les images s'en allèrent, emportant avec elles les paroles de Hucsha.

Il glissa ses doigts sous le vêtement d'Oelo agenouillée près de lui. Elle rit et se coucha, tandis qu'une autre femme, dans le dos d'Ahorn, dénouait la lanière de son pagne de peau. Oelo gloussa d'admiration en saisissant son sexe grandi et dur. Il sentit la poitrine nue de la femme s'écraser contre son dos. Il tenta de s'en écarter, mais elle se pressa davantage, son souffle rauque sur sa nuque. Levant les yeux, il vit les autres agenouillées et accroupies : Nhei-ga, Ikkih, une autre dont il avait oublié le nom, et la grosse Notomhb qui avait ôté son vêtement, cuisses écartées, ventre en avant, les seins vastes et dressés, la bouche fendue sous ses joues luisantes... Il esquissa un mouvement de recul, bloqué par celle qui se collait à ses reins et insinuait une main entre ses cuisses...

– Ahorn est fort pour toutes les femmes ici, dit Notomhb.

Elle se pencha par-dessus Oelo qu'elle enfouit sous ses seins tremblants et toucha d'un doigt précis la marque irrécusable de la force cicatrisée au bas du ventre d'Ahorn.

Il eut un sourire hésitant.

Les hommes *nokh* s'étaient écartés, au passage de Varakh entraînant vers la hutte celui qui n'était plus anâanni et pas encore ohihani. Et quand la portière de peau était retombée derrière Varakh sur le bourdonnement assourdi d'exclamations accueillant le retour d'Ahorn dans la hutte, ils avaient quitté l'endroit où ils s'étaient tenus sans broncher depuis le commencement du soir. Iru marchait devant les deux autres, Ohrao soutenait Nata.

De retour au mauvais abri de branchages informes, ils trouvèrent le feu endormi sous les cendres tiédies. Iru et Ohrao le ranimèrent, entrecroisèrent des baguettes sur la flamme fragile qui montait en crépitant et sifflant.

Ils allongèrent Nata à l'extérieur, enveloppé dans sa grande peau de cerf. Nata dormait, le souffle court et précipité. Il ne résistait plus à Okough, et son souffle risquait de se mêler au leur pour y chercher la force qui lui manquait...

Si Ahorn montrait assez de force, et s'il le faisait dans peu de jours, alors, Okough cesserait de rôder et quitterait Nata, et ils ne seraient plus *nokh*, ils reviendraient parmi les Ohihani comme des hommes entiers.

Iru regardait se tordre les flammes...

Arusi vint après que la lune eut passé le sommet de sa course. Ohrao, qui somnolait de l'autre côté du petit feu, tressaillit.

Iru, lui, ne dormait pas.

Arusi apporta du poisson cuit sur une pierre brûlante, car il fallait des forces à celui qui traverserait la rivière et accompagnerait l'homme choisi pour écarter le mauvais regard d'Okough sur les Ohihani. Elle approcha, en détournant les yeux, s'immobilisa à quelques pas de la cabane près de la petite clarté du feu, posa le poisson sur un léger tressage de baguettes refendues. Elle attendit.

Iru sortit de l'abri.

– Cet homme, dit-elle.

Puis elle recula, tourna les talons, s'en fut et disparut dans la nuit.

Iru fit les quelques pas qui le séparaient du poisson offert, s'accroupit. À chaque fragment de chair chaude qu'il faisait glisser sur le côté entrouvert de sa bouche, qu'il mâchait lentement et avalait, il lui semblait sentir la force endormie, frissonnante, qui se réveillait...

Cet homme...

Cet homme *nokh*, dont on ne disait plus le nom.

Les paroles d'Arusi pour le désigner s'étaient fichées sous le front d'Iru, derrière ses yeux.

Cet homme.

C'était ce qu'il voulait.

Après avoir mangé tout le poisson, il alla prendre son bâton devant la cabane, sans un regard pour Ohrao, ni pour Nata ronflant dans sa peau de cerf, et retourna s'accroupir là où il avait mangé.

Il écouta les bruits dans son ventre.

Il écouta la nuit autour de lui, il écouta la rivière, un moment, avant de se lever et de marcher à longs pas légers, vers la berge au-delà des huttes, là où le cours d'eau était facile à traverser.

6

Ébloui par la réflexion de la lumière sur le marécage, Ahorn s'arrêta près d'un bouquet d'arbres aux troncs tordus qui poussaient presque couchés, à peine plus hauts que lui. Son souffle brûlait, après l'ascension de la pente raide.

La traversée de la rivière glacée, dans le petit matin, tout nu, vêtements liés en ballot sur ses épaules, lui avait fouetté le sang. Pourtant les claques de l'eau n'avaient pas suffi à le ragaillardir complètement, après la courte nuit mouvementée. Mais en ce milieu du jour, sa vigueur commençait à lui revenir, restaurant graduellement les forces abandonnées entre les mains et les cuisses des femmes...

Là-bas, après la dénivellation marécageuse, debout dans les hautes herbes brunies, l'autre attendait qu'Ahorn l'eût remarqué pour reprendre sa marche. Ahorn lui adressa un signe, levant son bâton, et l'autre fit de même mais ne bougea pas : il tenait à s'assurer que son suiveur franchirait sans difficulté le passage marécageux... Ses traces étaient en partie visibles, là où il avait écrasé les touffes de joncs qui affleuraient à la surface.

En quelques foulées, Ahorn descendit la petite pente et entra dans la boue qui lui monta aussitôt à mi-mollet, avança en sondant le terrain mou, du bout de son bâton.

La présence des hommes *nokh* à son arrivée, la présence de celui qui maintenant devait le guider et l'accompagner jusqu'aux huttes des Ohisihan, tracassait Ahorn. C'était comme une ombre trop grande, gênante, trop visible où que se porte le regard... Si la raison de cette escorte s'accordait à ce que Varakh et Arusi avaient décidé pour lui, dans la clarté des flammes ravivées sous la hutte, il ne comprenait pas *tout* ; la sensation d'un danger caché, à l'affût, prêt à lui bondir dessus au moment où il s'y attendrait le moins, était permanente.

Les paroles de Hucsha ne le quittaient pas.

Pourquoi un de ces *nokh* avait-il accompagné les femmes ohihani lors de leur rencontre avec les femmes anâanni ?

Et pourquoi Lokkahi et Tiorhâ avaient-elles refusé d'entendre les paroles de Hucsha quand, dans la hutte, au moment de choisir l'homme fort que l'on enverrait aux Ohihani, il avait signalé la présence du *nokh* à la bouche cousue ?

Hucsha n'avait pas eu les yeux trop grands, Ahorn en était certain, à présent.

Pourquoi ce *nokh*, cet homme regardé par les mauvaises forces invisibles, cet homme marqué, dangereux pour ceux et celles qui l'approchaient de trop près, était-il venu avec les femmes ohihani chez les Anâanni ?

Ahorn sortit de la boue pour traverser un espace de terre plus ferme et suivre les empreintes très nettes laissées par les pieds du *nokh* enveloppés de peaux. Une bande d'oiseaux noirs que le passage des deux hommes ne dérangeait nullement s'ébattait en croassant autour d'une carcasse à moitié enlisée, là où le ruisseau maigre se changeait en marais. Ses pas dans ceux du *nokh* faisaient un bruit de succion, la terre vaseuse s'insinuait entre ses orteils, les chatouillant.

Il avait fait ce qu'il avait fait, enduré ce qu'il avait enduré, entendu la voix d'Okgha le Rêve qui le choisissait, avait été désigné enfin par Lokkahi ; les Anâanni l'avaient envoyé pour aller vers les Ohihani et devenir un des leurs : c'était ce qu'il voulait. Homme fort attendu par les Ohihani, chacune de ses paroles serait écoutée, il pourrait choisir parmi toutes les femmes qui le choisiraient, et toutes le choisiraient : c'était ce qu'il voulait et ce qui devait être.

Il était venu vers les Ohihani avec le nom d'une femme.

Mais les images *derrière* ses yeux s'étaient enfuies avant d'être des images *devant* ses yeux. À présent, s'il cherchait encore cette femme, s'il marchait encore vers son nom, ce n'était plus de son propre chef. Et pourtant, il ne pouvait pas ne pas le faire. Les Ohihani attendaient de lui qu'il retrouve cette femme et, en la ramenant parmi eux, qu'il les délivre du mauvais regard d'Okough.

Lokkahi, des Anâanni, que savait-elle ? Arusi aux longues oreilles lui avait-elle appris pourquoi Okough regardait les Ohihani avec un œil de colère ? Lokkahi savait-elle cela, avant de le désigner ?

Et Ahorn, les dents serrées, le visage crispé, aurait voulu ne pas entendre cette voix, en lui, répondre oui.

Quand il eut traversé le marécage, et suivi la foulée tracée par son guide sans que jamais l'eau puante ne monte plus haut que ses genoux, l'homme *nokh* avait disparu de l'endroit où il avait attendu avant que la distance entre eux ne se réduise trop. Le val s'écartait, s'ouvrait sur d'autres pentes boisées, et entre les arbres il y avait une longue coulée de cailloux, de roches, de buissons ras semblables à une couche de mousse épineuse : le *nokh* descendait la grande ravine. Ahorn le suivit.

Arusi avait dit qu'il verrait les huttes des Ohisihan avant les plus courtes ombres du jour suivant la prochaine nuit.

Mais cela signifiait marcher sans repos, traverser cette nuit sans sommeil.

Aucun des Ohihani qui avaient assisté au départ d'Ahorn, ni les chasseurs Etaho et Liethi, ni Varakh, ni les quelques femmes (notamment celles qui avaient frotté leur ventre au sien toute la nuit) groupées autour de Notomhb, ne semblaient douter un seul instant que l'emplacement des huttes fût toujours le même, depuis que les chasseurs s'y étaient rendus et en étaient revenus, repoussés par Han-Ohisihan et transformés en *nokh* par le mauvais regard d'Okough. Et si l'endroit des huttes avait changé, les Ohihani le connaissaient sans doute, pour avoir surveillé régulièrement les agissements des Ohisihan. Le trajet suivi par le *nokh* n'était donc pas forcément celui de sa première incursion...

Ahorn n'avait pas l'intention de marcher d'une traite jusqu'au milieu du jour suivant.

Après le val étroit et marécageux, puis la descente

dans l'autre combe et son franchissement par l'adret, tantôt à découvert, tantôt foulant le sol d'aiguilles spongieux dans l'ombre des grands sapins, la montagne se dressa. Il n'y avait plus qu'elle. À l'autre bout de la trouée, à la lisière de la lumière vive et des arbres, l'homme *nokh* attendait ; dès l'apparition d'Ahorn, il entra sous le couvert sombre. Il fallait être un oiseau pour franchir une pareille montagne : ce fut l'image qui tomba dans les yeux d'Ahorn, et il se hâta de gagner l'endroit où avait disparu le *nokh*.

Il ne fallait pas être un oiseau : il fallait grimper.

Car ils devaient franchir cette montagne et non plus longer les collines, les coteaux et les tertres comme ils l'avaient fait jusqu'à présent. Ils devaient franchir le formidable chaos de roches et de forêts pour passer de l'autre côté.

En raison même de la configuration chaotique du terrain qui alternait les blocs rocheux, les creux plongeants, les ravines abruptes, les broussailles touffues et les troncs souvent trop serrés pour que la vue porte à plus d'un jet de pierre, le *nokh* réduisit la distance entre lui et Ahorn. Cela permit à Ahorn de le reconnaître comme le plus grand et le moins maigre des trois qu'il avait vus près des huttes ohihani. Bientôt son allure, sa façon de se mouvoir, de changer fréquemment son bâton de main lui rappelèrent celles d'un autre homme, un Anâanni sans doute, Tahahanac, ou bien Naohoc.

À un moment, le *nokh* s'arrêta, montrant son visage déformé ; il poussa un cri rauque et lui fit signe de s'immobiliser et de détourner la tête pour éviter que leur regards se rencontrent. Il sortit une pierre de la poche qui pendait à sa ceinture, et taillada l'écorce du tronc près de lui, puis il se remit en marche. Parvenu près de l'arbre, Ahorn examina la marque, deux entailles traçant un > en forme de pointe couchée. Il retrouva ensuite cette marque, régulièrement, dans l'écorce des arbres, ou bien des branches brisées formant le même >, qu'il suivit, n'apercevant plus son guide que de loin en loin...

Ils grimpaient.

Le soleil, hors de la forêt, s'enfonçait quelque part, et dans l'obscurité épaissie par les arbres les marques sur l'écorce étaient de moins en moins visibles.

La fatigue de l'ascension nouait les jambes et le dos d'Ahorn, qui s'étonnait que le *nokh*, d'apparence si fragile, pût soutenir un tel rythme sans faillir... mais le *nokh* n'avait frotté son ventre à celui d'aucune femme, ni la nuit d'avant ni depuis longtemps. Alors qu'il atteignait un replat cerné de broussailles, le souffle rauque, Ahorn l'aperçut qui l'attendait une fois de plus, perché sur la paroi rocheuse, prêt à poursuivre la montée. Ahorn cria. L'appel figea tout net le Ohihani sur le bord de la roche.

– Ahorn ne marche plus, dit Ahorn.

Le *nokh* ne réagit que par un léger mouvement de recul, et seuls le haut de son buste et sa tête restèrent visibles, au-dessus de l'arête rocheuse bordée de bruyères.

– Ahorn se couche ici, dit Ahorn.

Il planta son bâton, dégagea l'emplacement, le parcourant afin de le reconnaître, choisit au pied de la paroi l'endroit où il se reposerait. Il trouva, dans les anfractuosités du sol, les feuilles mortes, quelques poignées d'herbes sèches, les fragments de branchettes et d'écorce dont il avait besoin et qu'il rassembla en un petit tas. De la poche de peau pendue à sa taille, il sortit les courts bâtons à feu et la coque durcie contenant la fibre hachée et la poudre de champignon. Il fit le tour des buissons environnants et ramassa quelques branches.

Le jour était presque complètement enterré quand l'étincelle de braise produite par le frottement des bâtons s'alluma dans la pincée de fibres. Quelques instants plus tard, la première flamme s'éleva, minuscule, puis tournoya, grandit dans les herbes et les feuilles, lécha les fragments de branchettes. Il ne quitta le feu qu'une fois celui-ci bien dressé, clair, sifflant dans les morceaux brisés des plus grosses branches, et sa fumée grimpant le long de la roche comme une longue bête rampante. Son ombre dansait autour de lui.

Suivant des yeux la fumée vers l'arête de la roche, il aperçut le haut de la tête et les cheveux rouges de l'homme *nokh* accroupi.

– Ahorn mange, dit Ahorn.

Le *nokh* recula vivement ; seule l'extrémité de son bâton demeura visible.

Ahorn consacra toute son attention au feu et amassa un tas important de bois. La nuit était devenue épaisse, très noire, comme si la forêt et le ciel tout entier avaient été engloutis dans la même panse. Dans ces incommensurables ténèbres, seule la clarté vacillante signalait la présence d'un homme... Il mangea le poisson séché qu'il avait emporté ainsi qu'une lanière de viande fraîche tirée de l'os offert par Arusi. Il se demandait, tout en mâchant, ce que le *nokh* un peu plus haut pouvait introduire dans sa bouche cousue, et s'il allait s'approcher du feu ou bien s'il redoutait que le feu lui aussi fût prisonnier des mauvaises forces *okough...* Il avait soif et n'avait rien à boire.

Il donna aux flammes le bois qu'il fallait, de manière à ce que la force d'Okough qui s'y trouvait soit bonne pour lui pendant qu'il serait éloigné de son corps dans le sommeil. Il se coucha dans sa grande peau de cerf après avoir battu de la paume l'endroit choisi, et, une main sur son bâton, ferma les yeux.

Le froid vif qui mordait ses pieds découverts le réveilla une fois, puis une autre. Il remit des branches cassées sur la braise, fit quelques pas d'un bord à l'autre de la roche, revint s'asseoir en attendant que la flamme se redresse. La forêt bruissait alentour, parcourue de légers craquements, de glissements dans les feuilles sèches. Du vent courait en bouffées successives qui passaient lentement dans les hautes frondaisons.

Il y eut, brusquement, une série de froissements plus nets, en contrebas de l'étroite plate-forme où il se tenait, comme si une présence réelle eût bougé là. Les yeux mi-clos d'Ahorn qui retournait au sommeil s'écarquillèrent ; le souffle suspendu, il attendit... Le bruit ne se reproduisit pas. Ahorn se recoucha, la main serrée sur son bâton, et garda les yeux ouverts un long moment, les ferma, continua d'écouter un long moment encore. Enfin il s'éveilla tout à fait. Le feu n'était plus que cendres, le froid des arbres se coulait dans les premières déchirures de la nuit finissante.

Debout, l'homme *nokh* attendait, sombre bloc de pierre se détachant sur les grisailles réveillées.

La pluie vint, tombant non pas du ciel mais des arbres, comme si le grand fouillis des branches enchevêtrées pleurait.

Ils marchaient, grimpaient l'un devant l'autre à distance constante, scandant leur progression de signes entaillés dans l'écorce des troncs. Le passage soudain et bruyant d'une harde de *n'rêhrêh* déboulant des taillis et coupant leur chemin les arrêta à peine. La bande, composée de laies et de marcassins dont le pelage fauve avait déjà perdu ses rayures, était poursuivie par deux mâles résolus qui se bourraient hargneusement.

Tout en marchant, Ahorn mangea le reste de la viande fraîche imprégnée de moelle d'os.

Les arbres s'espacèrent et changèrent. Les sapins restaient maintenant les seuls à pousser parmi les ronceraies, et le ciel était de nouveau visible entre leurs cimes noires, un ciel gris comme un grand brouillard uniforme sur l'averse continue, légère et floue. Puis les sapins disparurent ; le vent râlait sur les talus d'herbes courtes et les buissons d'épines trapus, les genêts, les troncs tordus des arbres dépouillés. La pluie cinglait.

Ils traversèrent une grande étendue pelée, l'un suivant l'autre. L'homme *nokh* ne pouvait plus laisser trace de leur passage. Le sol reprit progressivement de la pente et la pluie qui frappait violemment redevint ce qu'elle avait été pendant la montée, à peine plus qu'une bruine.

Ce fut de nouveau la forêt, sur ce flanc-là de la montagne, plus dense et touffue qu'elle ne l'avait jamais été, avec beaucoup d'arbres aux feuilles gorgées de lueurs de feu. En dépit de la brouillasse, ces couleurs vives et luisantes faisaient comme une lumière solaire qui eût brûlé les ombres.

Durant une partie de la descente, s'élevèrent les hurlements lointains d'une meute de loups rabattant une proie. La peau de cerf mouillée pesait sur les épaules d'Ahorn, irritant ses bras et ses mollets. La fatigue monta, nouée dans son ventre, durcissant ses muscles en une douloureuse et constante tension. Les images incertaines qui s'étaient bousculées dans sa tête tout le jour d'avant et une partie de la nuit s'étaient à peine montrées durant le matin, puis avaient totalement disparu. Elles resurgirent avec une brusquerie qui lui arracha un tressaillement, au moment où l'homme *nokh* fit ce à quoi Ahorn ne s'attendait plus : il s'arrêta, s'accroupit, tendit vers Ahorn son bras tenant le bâton, en un geste qui lui ordonnait de faire comme lui. Il ne l'avait pas regardé, mais dut comprendre qu'Ahorn s'exécutait, au bruit interrompu des pas dans les feuilles.

L'homme *nokh* resta un moment figé, attentif ; il scrutait la pente boisée en dessous de lui. Le souffle d'Ahorn s'apaisa.

Des cris d'enfants se firent entendre, comme une poignée de sons jetés en l'air et retombant.

L'homme *nokh* eut un geste surprenant : d'un signe du bras, il invita Ahorn à le rejoindre. Courbé, Ahorn s'approcha jusqu'à la pointe du bâton qui lui désignait l'endroit où il devait se placer afin de garder entre eux la distance nécessaire.

– Ohisihan, souffla du coin des lèvres l'homme *nokh*, d'un ton distinct et bas à la fois, mais parfaitement audible.

Ahorn acquiesça.

Ils étaient arrivés.

Si les Ohisihan avaient changé l'emplacement de leurs huttes, depuis que le groupe d'hommes ohihani dont faisait partie ce *nokh* avait tenté d'y reprendre la femme enlevée par les chasseurs, ils étaient cependant ici depuis beaucoup et beaucoup de jours et de nuits. Ce n'étaient pas des abris légers, et la couleur des perches soutenant les toits de branches et de peaux montrait qu'un long temps de neiges et de froid, et qu'un temps au moins aussi long de chauds soleils, puis de pluies, avait passé sur les huttes comme sur les cépées environnantes qui hérissaient les souches des troncs coupés.

Ahorn demanda à voix basse :

– Les huttes étaient ces huttes, quand les Ohihani sont venus chercher cette femme ?

L'homme *nokh* accroupi acquiesça. Il regardait droit devant lui, évitant de croiser les yeux de son compagnon.

– Les Ohihani sont venus et venus encore, jusqu'ici, après ? s'enquit Ahorn.

L'homme eut une courte hésitation, avant d'acquiescer à nouveau. À le regarder, Ahorn éprouva une sensation étrange. La pluie avait délavé en partie la croûte de terre et de graisse qui protégeait les cheveux de l'homme *nokh* et barbouillait ses traits. Une autre image enfouie, sous le profil déformé par les lèvres étirées et cousues et les narines écrasées, évoquait un visage déjà vu, comme son allure de marcheur lui en avait rappelé une autre. Ahorn émit un léger grognement interrogateur. L'homme *nokh* se désigna et montra les grands doigts de sa main. Ahorn reporta son attention sur les huttes.

Il comprit pourquoi l'homme *nokh* s'était dirigé avec une telle assurance vers ce point d'observation, où à l'évidence il ne se postait pas pour la première fois : c'était l'endroit parfait pour guetter sans être vu, et se mettre hors de portée d'un éventuel poursuivant.

Ils se trouvaient au faîte d'une courte falaise abrupte, comme si tout un pan de la montagne s'était à un moment affaissé, longtemps sans doute avant que les hommes ne marchent debout. L'éboulement n'avait laissé aucune trace visible au bas de la falaise. Dans le fond de la combe étroite, un ruisseau coulait.

Les huttes construites avec des arbres coupés étaient dressées au bord de l'eau, sur un terre-plein surélevé de la rive, sous la falaise. Elles formaient, vues du dessus, deux masses longues comme des bêtes immobiles couchées côte à côte, chacune percée d'un trou au centre de l'épine dorsale par lequel s'échappait un filet de fumée. Plusieurs femmes allaient et venaient, montaient et descendaient la petite inclinaison du terrain, entre les huttes et le ruisseau. Ahorn vit qu'elles construisaient quelque chose sur la berge, avec des branches et des perches qu'un petit groupe d'enfants écorçaient, près d'une des huttes. Il vit aussi, devant l'autre hutte, ce qu'il identifia comme un chevreuil ou une chevrette, pendu ventre ouvert à une perche posée sur des piquets croisés. Une femme était occupée à le dépouiller.

L'homme *nokh* ne bougeait pas, ne disait rien, mais Ahorn sentait ses regards glisser vers lui, de plus en plus fréquents.

Ils regardèrent un moment la paisible agitation entre les huttes des Ohisihan, jusqu'à ce que la femme finisse d'écorcher le chevreuil et entre sous la hutte en traînant la peau blême à bout de bras derrière elle. Des enfants quittèrent le groupe des écorceurs de baliveaux et vinrent se planter devant la bête dépouillée, puis la femme ressortit de la hutte et ils filèrent comme des oiseaux surpris. Elle se mit à dépecer la bête.

Ahorn tourna la tête vers l'homme *nokh*, surprenant l'attente dans son regard qu'il ne dévia pas assez vite. Brusquement, les images affluèrent, et Ahorn sut pourquoi cet homme *nokh* ohihani lui en rappelait un autre. Ce n'était pas *un autre*.

C'était bien lui, ce chasseur qu'il avait rencontré en forêt, quand il avait cherché à revoir la femme ohihani venue au bord de l'eau tranquille des Anâanni. C'était lui, qui lui avait donné le nom de cette femme, Ene'a, sur un ton de défi, ajoutant qu'elle avait déjà choisi un chasseur.

Cet homme qui, peut-être, voulait cette femme pour lui, d'où son obstination à la reprendre à Han-Ohisihan.

Cet homme qui regardait maintenant avec détermination devant lui.

Ahorn le fixa de ses yeux écarquillés, bouche bée, jusqu'à ce que ses paupières piquent et cillent enfin. Alors, la voix rauque, dans un souffle cassé, il dit :

– Ahorn a vu cet homme *nokh* sans nom, un jour.

Une crispation se noua et se dénoua dans la joue creuse de l'autre.

Ahorn ajouta :

– Cet homme *nokh* avait un nom, et cet homme avec un nom a vu Ahorn.

L'homme *nokh* dit, du coin à peine entrouvert de sa bouche cousue :

– Ahorn descend dans les roches droites, ici. Il peut marcher jusqu'en bas, et remonter. Un passage est pour ses pas entre les roches.

– Un passage... répéta Ahorn. Un passage où les Ohihani ont marché, pour reprendre Ene'a ? Ils ont marché jusqu'en bas comme des Ohihani, et ils sont remontés dans leurs pas jusqu'en haut comme des *nokh* ?

La joue de l'homme *nokh* se crispa... mais il laissa flotter et se dissiper les paroles d'Ahorn sans les attraper. Il dit :

– Les yeux des Ohisihan ne se sont pas encore posés sur Ahorn. Ahorn est fort. Il est plus fort que les Ohisihan. Avec cette force, il prend cette femme et il revient par où il est descendu. Il peut le faire. Il est plus fort que tous. Cette femme sera pour lui.

Bien que les mots fussent déformés par les lèvres cousues, Ahorn crut y retrouver ce ton de défi déjà entendu...

– Ahorn prendra cette femme, dit-il. Ahorn a sur lui le regard d'Okough. Il est plus fort que Han-Ohisihan qui montre avec son doigt dans la terre ou sur des pierres la parole invisible des autres gens.

L'homme *nokh* acquiesça de la tête. Ce mouvement-là, dans le silence qui l'accompagnait, attisa une flambée de picotements sous la peau d'Ahorn. Il saisit son bâton posé devant lui.

– Cet homme *nokh* reste ici, dit l'homme *nokh*. Il

ne bouge pas. Ahorn revient avec cette femme. Les Ohisihan les suivent pour les attraper. Alors cet homme ici jette des pierres sur les Ohisihan, et Ahorn plein de force grimpe avec... Ene'a.

La façon dont il dit le nom de la femme après avoir hésité – comme si au dernier moment il n'avait pu résister, oubliant la prudence et l'interdit, et pris le risque de la mettre en danger en prononçant ce nom par sa bouche que guettaient les mauvaises forces *okough* – irrita Ahorn. Il n'avait pas aimé entendre cette bouche à peine ouverte énoncer ce qu'il devait faire. Appuyant sur le mot *nokh*, il dit :

– Cet homme *nokh* ne bouge pas. Ahorn, jamais vu par les Ohisihan, prend Ene'a et grimpe avec elle, et les yeux des Ohisihan ne les voient pas. Ou si les yeux des Ohisihan les voient, l'homme *nokh*, ici, jette des pierres sur les Ohisihan, et Ahorn les repousse avec des pierres et ce bâton, et la femme grimpe jusqu'à l'homme *nokh* ici.

L'homme *nokh* regardait devant lui. Il grommela une approbation.

– *Hah !* triompha Ahorn.

Mais l'irritation ne l'avait pas quitté. Elle bouillait en lui, chauffait ses oreilles et les chauffa davantage encore, après le geste que fit l'homme *nokh* pour lui désigner, de la pointe du bâton, où il devait s'engager pour la descente.

Ahorn tourna les talons, s'en fut, courbé, vers l'endroit indiqué. Il se coula entre les rochers.

Iru suivit des yeux l'homme fort venu des Anâanni, tant qu'il fut visible. Une colère palpitait dans sa tête. Il avait parlé beaucoup, après un long temps de silence ; la chair de ses lèvres refermée autour de la fiche d'os s'était déchirée, meurtrie, le brûlant du menton aux narines, et le goût fade du sang lui emplissait la bouche. Il regarda l'homme fort s'enfoncer derrière l'arête de l'aplomb.

Après qu'Ahorn eut disparu, seulement après, il ferma les yeux. Il les garda fermés longtemps, à l'écoute des battements dans sa poitrine et du souffle des forces invisibles cachées derrière chaque chuintement de la forêt, dans les crépitements de la pluie sur la grande peau rousse des feuilles mortes qui recouvrait le sol.

Plus tard, il longea la crête de la falaise jusqu'au buisson le plus proche, se recroquevilla sous ses branches dénudées. Une fois, déjà, il s'était tenu là. Le buisson avait des feuilles, alors, et les avait mieux cachés, lui et les autres Ohihani, tandis qu'ils attendaient le retour de celui qui n'était pas revenu.

Mais cette fois, l'homme très fort reviendrait, avec elle.

Alors, lui, Iru, donnerait l'homme fort à Okough, et Okough lui rendrait son nom perdu, en échange – car Okough ne donne jamais sa force pour longtemps à un homme, si cet homme ne sait pas la garder et si sa vigilance faiblit ne fût-ce que le temps d'un clignement de paupières. Pour garder sa force, un homme doit s'abandonner tout entier à Okough.

7

L'homme *nokh* avait dit juste : un passage existait. Mais descendre cette raide paroi de rocs, de caillasses et de buissons, n'était pas si aisé qu'il l'avait laissé croire. S'agrippant aux broussailles et assurant ses pas, Ahorn s'efforçait de retenir les détails du parcours qu'il aurait peut-être à refaire plus rapidement. Il entendit les exclamations des enfants.

Il ne chercha pas à se cacher – il n'avait pas à le faire : il était un homme marchant depuis longtemps, venu de loin, par-delà la montagne, et soulagé de trouver les gens de ces huttes qui pourraient l'accueillir et l'abriter. Mais il marqua un temps d'arrêt. D'où il se trouvait, il ne voyait plus qu'une hutte cachant presque entièrement la seconde, à travers les cimes hirsutes des grands sapins. Les arbres étaient serrés ; la forêt s'écoulait dans le creux de la combe, ne laissant à découvert qu'une étroite bande d'herbes et d'ajoncs piquée de maigres buissons le long du ruisseau, et l'espace défriché au centre duquel étaient construites les huttes. Entre le bas de la falaise et cette aire dégagée, poussaient surtout des halliers, des arbres solitaires, comme échappés, ou écartés, de la masse forestière. Dans une trouée, l'extrémité de la seconde hutte était visible, ainsi qu'un tas de petits arbres en cours d'ébranchage et d'écorçage, au-dessus de la butte bordant la rivière. Soudain, les enfants qui écorçaient les branches se mirent à appeler, à piauler en montrant la falaise, à courir le long du ruisseau jusqu'en limite de la clairière, d'où l'on pouvait voir à travers les branches l'intrus accroché à la paroi rocheuse. Une femme d'abord, puis d'autres, puis les hommes sortis des huttes les rejoignirent.

Les enfants firent silence. Ahorn n'entendait plus que les gargouillements du ruisseau, le vent léger dans les feuilles des buissons, le murmure d'un ruissellement sur la roche à quelques pas de lui. Il reprit sa descente. Un peu plus bas, les huttes, la clairière, les observateurs, et même le ruisseau disparurent derrière les arbres. La pente se fit moins raide, bien que le sol d'éboulis et de ronces fût plus pénible à ses pieds nus. Il leva les yeux : les autres n'avaient pas bougé et l'attendaient à la lisière de la clairière. Mais ils étaient plus nombreux.

C'étaient des gens comme les Anâanni et les Ohihani. Ils n'avaient pas de marques sur le visage, ni sur les parties visibles du corps.

À première vue, les hommes étaient d'une taille identique à celle d'Ahorn, ils avaient la même silhouette, la même carrure épaisse, la barbe fournie, les cheveux sombres, graissés, retenus par une bande de peau nouée autour du front ; les femmes, plus petites, portaient leur chevelure nouée en torsade sur le haut de la tête ; elles avaient la poitrine et le ventre ronds, les hanches et les fesses larges ; et les enfants groupés les uns contre les autres, bouquet de visages fouineurs, les yeux vifs et le nez morveux, les poings fermés sur des badines à estourbir les rats de rivière comme s'il se fût agi d'épieux aussi terribles que ceux, lourds, à la longue pointe effilée renforcée d'éclats de pierre, que tenait un des hommes... Ils étaient vêtus de peaux cousues, tombant des épaules et serrées à la taille, couvrant bas leurs jambes, et chaussés de ces *kaâ-nik-oer*, une autre peau de jambe contre le froid, qu'avaient aussi appris à faire les Ohihani et dont Ahorn n'avait pas oublié le nom. Seules les femmes occupées à l'extérieur portaient, sur cet habit, de courtes capes taillées dans une seule peau de grand chevreuil, serrée et cousue en pointe à hauteur du cou pour former une capuche.

Outre les plumes et les griffes des grands oiseaux *eêk-ehkê* qui garnissaient l'encolure et le dessus des manches des habits des femmes, Ahorn remarqua tout de suite ce qu'il n'avait jamais vu jusqu'alors : une courte cape, non pas taillée dans une peau comme les autres, mais faite de longues tiges et de feuilles étroitement tressées. Il se força à ne pas l'examiner avec trop d'insistance, pour ne pas effaroucher la femme, et détourna son regard vers les uns et les autres, englobant tout le groupe.

Les hommes avaient des yeux sombres et durs, et tenaient leurs bâtons et leurs épieux à deux mains. Quand ils eurent fini de le scruter des pieds à la tête, ils regardèrent derrière lui, vers l'endroit d'où il venait, cherchant, fouillant entre les arbres et les buissons de la pente de caillasse au bas de la falaise. Un autre homme se joignit à eux, tenant un grand bâton à lancer, vêtu d'une cape de peaux de loups maintenue serrée par une lanière autour de sa tête ; il s'immobilisa à quelques pas, derrière le groupe. Tous attendaient.

Ahorn s'avança vers eux, plaça son bâton dans la pliure de son coude et montra ses mains vides, ouvertes, tendues.

– Ahorn, dit-il.

Aucune des femmes qui se tenaient devant lui n'était celle pour qui il se trouvait là.

Il dit, posant sa main à plat sur sa poitrine :

– Cet homme : Ahorn.

Un des Ohisihan s'accroupit lentement, baissa son épieu qu'il posa en travers de ses cuisses.

Ahorn déplia ses doigts les uns après les autres.

– Ahorn, dit-il, marche depuis ces jours et ces nuits.

Il mit son poing fermé sur son ventre, le tapota à petits coups en faisant pivoter son poignet.

Les Ohisihan ne bougeaient pas. Au nez d'un des enfants pendait un long fil de morve brillante qui s'étira plus bas que son menton avant de se rompre. L'homme à l'extrémité du groupe esquissa un mouvement tournant des épaules, pointant son épieu comme s'il allait frapper.

Ahorn sentit son ventre se nouer. Il sut qu'il ne pourrait empoigner son bâton avant que le Ohisihan frappe. Il ne voyait plus que la pique de bois taillée et plate, ses deux faces garnies de lames de pierre au tranchant effilé qui se rejoignaient à la pointe. Le bruit du ruisseau monta d'un seul coup et lui emplit la tête – couvert par la voix de l'homme à la cape de peaux de loups, en retrait :

– Quel homme ?

La tension tomba aussi soudainement qu'elle était

montée ; celui qui brandissait l'épieu suspendit son geste.

– Ahorn, cet homme, dit Ahorn en plaquant ses deux mains sur son torse.

Il poursuivit, sans hâte, articulant clairement chacune de ses paroles :

– Ahorn vient des huttes des Anâanni, au bord de la grande eau tranquille. Il a marché beaucoup en suivant l'eau qui saute dans la montagne, il a traversé l'eau des poissons qui vont au commencement du courant, il a marché sur la petite montagne, il a marché sur la plus grande montagne. Ahorn est ici. Ces huttes et ces gens devant ses yeux.

Ils l'écoutèrent. Une des femmes émit quelques sons comme des raclements de gorge, à l'adresse des enfants ; elle distribua des petites tapes sur les têtes et les entraîna derrière l'homme aux peaux de loups. Elle fit quelques pas encore puis s'arrêta, les enfants autour d'elle. Un autre homme s'agenouilla, dans la position d'attente qu'avait prise le premier, tandis que celui qui s'était retenu de frapper baissait complètement ses bras, sans pour autant desserrer ses poings de l'épieu.

– Ohisihan, dit l'homme avec la cape de peaux de loups, désignant autour de lui.

Ahorn ouvrit la bouche pour montrer qu'il prenait ce nom, la ferma, la rouvrit et répéta :

– Ohisihan.

– Ahorn n'a pas les Ohisihan dans ses oreilles ?

Ahorn fit un signe de tête, de gauche à droite, puis il porta ses mains ouvertes à ses oreilles et eut un autre hochement de tête, de haut en bas, disant :

– Ohisihan.

– Où marche cet homme ? demanda le Ohisihan aux peaux de loups.

Alors, Ahorn dit ce qu'il voulait mettre dans la tête et derrière les yeux des Ohisihan – et c'étaient des images différentes de celles qu'avaient portées les jours et les nuits écoulées jusqu'à cet instant.

Il dit qu'il était un homme sans hutte, qui avait entendu la parole d'Okgha le Rêve, et avait les bonnes forces invisibles d'Okough dans son ventre. Il dit que les Anâanni, là-bas, au commencement de sa longue marche, avaient maintenant trop de chasseurs pour trop peu de femmes, et que c'était la raison pour laquelle il avait été choisi par la voix d'Okgha le Rêve, qui est la parole d'Okough l'Invisible. Sa force, dit-il, était nourrie par Okough qui l'avait poussé à quitter les Anâanni. Il marchait vers d'autres huttes, qui pourraient l'abriter. Disant cela, il souleva ses capes et baissa la bande de peau de son pagne pour découvrir le signe incisé au bas de son ventre. Les Ohisihan tendirent le cou pour bien voir : les hommes accroupis, celui aux mains serrées sur l'épieu, celui à la cape de peaux de loups, les femmes aussi, même celle qui avait emmené les enfants. Puis Ahorn remonta le pagne et laissa retomber ses capes. Il dit que si les Ohisihan n'avaient pas de place pour qu'il s'asseye avec eux sous leurs huttes, il poursuivrait sa marche, il chercherait d'autres huttes.

Car il était, dit-il, un homme en marche.

Il dit qu'il avait faim et soif, que ses jambes ne s'étaient pas reposées de tous les pas qu'elles contenaient depuis longtemps.

Et se tut.

Il s'accroupit lui aussi, lentement, on entendit craquer dans ses genoux la lourdeur des pas dont il avait parlé, il posa son bâton dans l'herbe mouillée devant lui, et attendit.

La femme avec les enfants s'éloigna en les poussant devant elle. Ils se laissèrent entraîner, puis l'un d'eux s'écarta de la petite troupe. Elle ne tenta pas de le rattraper, le laissant retourner vers le groupe. Il s'immobilisa derrière l'homme à la cape de peaux de loups : c'était l'enfant au nez dégoulinant et il posait sur Ahorn un regard pointu, noir et brillant tison.

Les Ohisihan, hommes et femmes, échangèrent des œillades plus ou moins appuyées, des paroles soufflées qui n'étaient pas pour les oreilles d'Ahorn et qu'il ne comprit pas. Leur visage était moins dur, leurs yeux moins glacés ; la femme coiffée du capuchon d'herbes tressées avait les traits doux et ronds et son regard étréci n'avait pas quitté Ahorn depuis le premier instant. Ils semblaient attendre que l'un d'eux prenne une décision. Même celui qui tenait son épieu à deux mains paraissait moins farouchement décidé à l'utiliser. Ahorn se dit que si le danger se montrait il viendrait de cet homme-là, et qu'il ne devait pas le perdre des yeux.

En même temps, son attention se portait au-delà du groupe, entre les arbres, et guettait le moindre mouvement autour des huttes.

Ce fut celui à la cape de peaux de loups qui brisa l'attente muette. Il avança, rejoignit les autres qui s'écartèrent.

– Les Ohisihan sont des hommes forts, dit-il.

– Pas de peau où dormir ici pour cet homme qui cherche une hutte, dit le premier qui s'était accroupi.

L'un et l'autre parlèrent sans violence, énonçant

simplement ce qui était. Ahorn n'avait jamais entendu certains mots, mais il en saisissait les images au milieu de ceux qu'il reconnaissait et comprit sans difficulté le mot qui signifiait ici. Il approuva de la tête.

Han-Ohisihan était-il un de ces hommes-là ? Un de ceux qui avaient parlé ? Celui à la cape de peaux de loups ? La description que lui en avait faite Varakh aux longues oreilles, et l'image qu'il en avait, ne s'accordaient avec aucun d'eux.

– Ahorn marchera encore, dit-il.

La femme au capuchon d'herbes tressées éleva la voix :

– Aheirn marchera encore, après l'autre côté de la nuit.

– Ahorn, corrigea Ahorn avec des yeux aimables.

Elle baissa la tête en ravalant un rire, les autres femmes firent de même, et les hommes, après un instant d'étonnement, partagèrent le bref moment de gaieté et de gloussements.

– Ahorn a le ventre qui gronde, les jambes comme du bois sec. Il est content s'il mange et se repose avant de continuer de marcher. Il est content de s'arrêter et de coucher son sommeil avec le sommeil des Ohisihan.

L'homme à la cape de peaux de loups posa sur lui un regard droit, long, qui glissa ensuite vers les femmes. Elles attendaient en souriant toutes les trois, tranquilles, et Ahorn crut comprendre dans ce silence et ces sourires qu'elles ne partageaient peut-être pas les paroles des hommes. Il comprit que les hommes ne chercheraient pas à les faire taire, si elles décidaient de parler. Puis l'homme regarda de nouveau Ahorn, et dit, se désignant du plat de la main :

– Tohki.

Et Ahorn fut accueilli par Tohki, sous les huttes des Ohisihan, au bord du ruisseau.

Il avait entendu ce nom, déjà, dans la bouche de Varakh aux longues oreilles. Tohki était venu sous les huttes des Ohihani.

La pluie avait cessé depuis un moment.

L'enfant qui avait assisté à l'échange de paroles suivait Ahorn. Il était tantôt devant lui, tantôt derrière lui, tantôt à côté, jamais à plus d'une longueur de bâton, sa tête chafouine et hérissée levée vers lui. Il avait un regard trop brillant, trop vif, pour un enfant dont les dents n'étaient même pas encore tombées. Des croûtes marquaient les commissures de sa bouche ouverte sur une respiration encombrée, ses narines et sa lèvre supérieure enflammées par l'irritation luisaient d'une morve permanente qu'il suçait de loin en loin, d'un coup de langue négligent ou d'une brève aspiration en avançant la lèvre inférieure. Il était comme une sorte d'ombre reniflante attachée aux pas d'Ahorn.

Mais Ahorn n'accorda que des bribes d'attention à sa présence, étonné de le voir toujours là, au début...

Il avait des préoccupations plus immédiates, beaucoup de regards à porter autour de lui, d'images à garder derrière ses yeux pour les utiliser le moment venu.

Il savait déjà, il avait su tout de suite, que la fuite avec Ene'a par le passage dans la falaise serait périlleuse. Il comprenait pourquoi les Ohihani, et le *nokh* qui l'attendait en ce moment au sommet, avaient été rattrapés, s'ils avaient pris ce chemin-là. Et il cherchait des yeux par où s'échapper. Par la forêt, à l'une ou l'autre extrémité des huttes, en suivant le ruisseau ? Ou en traversant le ruisseau ? Il repoussa cette dernière éventualité ; fuir par la rive opposée allongerait forcément le retour vers les Ohihani, à travers une forêt et sur une terre qu'il ne connaissait pas, mais que les Ohisihan, eux, connaissaient. Et l'important, surtout, pour que ce projet aboutisse, était de l'exécuter le plus rapidement possible.

Le groupe l'entraîna le long de la rive.

La femme qui s'était éloignée avec les enfants avait réapparu, et avec elle les Ohisihan qu'elle était allée prévenir de l'arrivée de cet homme fort qui avait beaucoup marché : d'autres enfants, d'autres femmes et un homme au dos voûté et aux cheveux blanchis sur les tempes – qui n'était certainement pas Han-Ohisihan. Parmi les nouvelles venues, dont certaines le regardaient aussi avidement que les femmes ohihani à son arrivée au bord de la rivière, il ne vit aucune silhouette, aucun visage lui rappelant l'image d'Ene'a. La mauvaise pensée, lovée quelque part dans sa tête, le traversa : le souffle d'Ene'a l'avait quittée, depuis le dernier guet des épieurs ohihani, et son corps avait été rendu au ventre de la terre...

Au passage, il vit que les femmes et les enfants construisaient sur le bord du ruisseau une sorte d'entrecroisement de branches et de baguettes entre des pieux plantés en partie sur la terre ferme de la berge et en partie dans l'eau. Il ne comprit pas cette occupation. Était-ce un grand piège comme en faisaient les Anâanni pour appâter les poissons et qu'ils lestaient de pierres, loin des berges de la grande eau tranquille ?

Les huttes avaient sensiblement la même hauteur, la longueur d'un grand jet de bâton, et leur ouverture, protégée par une peau, se faisait face. Elles étaient construites comme celles des Anâanni et des Ohihani, à la différence qu'ici leurs flancs s'inclinaient en retrait sous le pan en avancée de la couverture. Il constata – ce qu'il n'avait pu remarquer depuis le haut de la falaise – que cette avancée irrégulière de la toiture permettait d'abriter le bâti de perches où pendait la carcasse de chevreuil en partie débitée, près de l'entrée. Un assemblage identique, mais sans gibier suspendu aux ligatures de la perche transversale, était levé devant l'entrée de la hutte d'en face.

Les Ohisihan l'emmenèrent dans l'abri à l'ouverture orientée vers le courant du ruisseau. Tohki laissa son long bâton contre la paroi avant d'entrer, et deux des hommes leurs épieux. Ahorn fit comme eux. Mais l'homme qui avait été prêt à frapper garda le sien, et quand Ahorn se baissa pour entrer, il vit, du coin de l'œil, que l'autre regardait vers le haut de la falaise.

À l'intérieur, c'était comme dans tous les abris d'hommes : la même odeur d'os et de bois brûlés, de fumée, de cendres empâtées, de peaux écharnées, de viande crue et de viande grillée, de flottements humides nichés dans les anfractuosités sombres, la même odeur des présences à la fois frileuses et suantes des hommes et des femmes réunis autour du foyer de braises ou de flammes vives, la même pénombre chaude revigorante sous la fumée qui stagnait à hauteur de regard d'un homme debout.

La plupart de ceux qui s'étaient rassemblés pour le regarder arriver étaient entrés avec lui, à la suite de Tohki. D'autres les attendaient à l'intérieur. À peine assis près du foyer, entouré par une plaisante bousculade de curieux, il fut aussitôt le centre de tous les regards. Et vinrent les premières paroles, bientôt une véritable averse... Il dit son nom, le dit encore et encore, répondant aux questions, et il entendit les leurs en échange, qu'il gardait derrière ses yeux, avec leurs visages, Nocnaoh, Agohan, Lihiti. Des femmes aussi donnèrent leur nom : Ooht, qui était celle au capuchon d'herbes tressées, Ni-Aeh, qui était celle aux enfants, Kahuaoo, Otuh-hoa qui était à peine une femme, avec des dents très blanches dont une manquait sur le devant, et un rire qui n'en finissait pas de sauter.

Plusieurs noms dits par les hommes étaient déjà dans sa tête, avant qu'il ne les entende ici, depuis que Varakh le Ohihani les avait prononcés. Mais il avait gardé, en les écoutant, un visage impassible.

Il fut enseveli sous les questions. On le touchait, on le pinçait pour attirer son attention. Même les enfants joignirent leurs voix pressantes et criardes au brouhaha et à l'agitation, et parmi eux celui dont la bouche démesurément ouverte ne laissait fuser aucune interrogation : le renifleur aux yeux de fouine. Si bien qu'à un moment Ahorn lui demanda son nom, ce qu'il n'avait fait pour aucun autre, mais l'enfant détourna les yeux, comme si la question l'avait surpris et bouleversé au-delà de tout ce qui pouvait lui arriver, comme s'il appelait à l'aide autour de lui, dans l'indifférence générale...

Ahorn dut raconter, raconter encore les Anâanni

du bord de la grande eau tranquille, comment et pourquoi il les avait quittés, et pourquoi il marchait, et il dut montrer encore la marque sur le bas de son ventre. Les femmes poussaient des gloussements approbateurs, le rire mi-confus mi-provocateur d'Otuh-hoa roucoulait par le trou de sa dent manquante. Il fallait souvent qu'il répète, quand une parole anâanni était incomprise et qu'il tentait de la remplacer par une parole ohisihan, provoquant immanquablement beaucoup de rires. On lui donna à manger, à boire. Tohki et Nocnaoh mangèrent et burent avec lui. Quelques femmes – dont la rieuse Otuh-hoa – se joignirent à eux.

À son tour, Ahorn demanda.

Comment étaient les jours des Ohisihan ? Comment ils étaient parmi les autres gens de la forêt, leurs huttes étaient-elles dressées ici depuis toujours ? On lui répondit de manière vague, ou avec des mots dont il ne saisissait pas les images. Il comprit que les Ohisihan voulaient tout savoir de lui sans donner trop d'eux-mêmes, et que s'ils l'accueillaient dans la chaleur de leur hutte, lui offraient à manger et lui permettaient de se reposer, ils n'avaient pas relâché leur méfiance à son endroit, et que ses regards trop appuyés risquaient de l'aviver. Il cessa prudemment de poser des questions sans avoir rien appris de ce qu'il attendait.

L'attroupement s'effrita graduellement. Les occupants de la hutte se retirèrent les uns après les autres pour reprendre leurs occupations, soit à l'extérieur, soit dans l'autre hutte, et bientôt la compagnie d'Ahorn se réduisit à Tohki, Nocnaoh, Ooht... et l'enfant renifleur. Puis les deux hommes se levèrent,

Ahorn les imita, tenant son bas-ventre à pleine main. Avant qu'ils ne sortent, Ooht toucha le bras d'Ahorn et lui montra au bout de l'alignement des couches d'herbes sèches et de genêts celle qui se trouvait le plus près de l'entrée. Il esquiva son regard.

Le jour finissait. La lumière déclinante avait pris dans le fond du val étroit une teinte d'eau stagnante. La femme Ni-Aeh achevait le dépeçage interrompu du chevreuil, entourée d'enfants. Devant l'entrée de l'autre hutte, deux chasseurs parlaient avec Agohan, qui tenait toujours son épieu. Ahorn reprit son bâton, qu'il avait posé contre la paroi près du bâti de dépouillement.

Les hommes qu'il avait vus n'étaient pas plus nombreux que les doigts d'une main, les femmes l'étaient à peine plus, mais ni Han-Ohisihan ni Ene'a ne se trouvaient parmi eux.

Il n'eut pas un coup d'œil vers la falaise, où, certainement, Iru l'homme *nokh* se tenait à l'affût ; il s'éloigna en direction du ruisseau, le renifleur sur les talons. Il sentait les regards sur son dos. Il rôda nonchalamment du côté du petit assemblage de branchettes entre les pieux semi-immergés, dont il essaya de comprendre l'utilité – sans y parvenir. À l'enfant qui le suivait, il adressa une mimique interrogatrice en désignant le tressage, et dit :

– Ahorn ne voit pas pourquoi est là ce qui est là.

Mais l'enfant continua de le fixer de ses yeux terribles comme deux trous creusés jusqu'au fond de sa tête, et ne répondit pas, l'expression de son visage froissé ne montrant rien d'autre que cette attente qui semblait être en lui, depuis longtemps déjà.

– Où est le nom de celui-là ? demanda Ahorn d'une voix apaisante en désignant l'enfant d'un doigt.

L'enfant ne broncha pas. Il renifla. D'un coup de langue il aspira l'extrémité du fil de morve secoué par le reniflement.

Ahorn fouilla dans la poche de peau attachée à sa taille, en sortit un long et bel éclat de pierre coupante que quelques coups seulement d'os de corne avaient formé, et l'offrit. Les yeux noirs et brillants de l'enfant étincelèrent. Il fit un pas, tendit le cou au-dessus de la main ouverte ; il examina longuement la pierre, puis son regard monta, incrédule, s'accrocha à celui paisible et engageant d'Ahorn, redescendit sur la lame qu'il continua d'examiner.

– Ahorn donne, dit Ahorn.

Nouvelle œillade. L'enfant leva la main, saisit la pierre avec délicatesse, referma brusquement les doigts dessus comme s'il eût craint qu'Ahorn la lui retire au dernier moment.

– Ahorn donne..., répéta Ahorn.

L'enfant soutint son regard sans ciller.

Ahorn hocha la tête. Il s'aperçut que du côté des huttes un groupe les surveillait, avait suivi l'échange.

Il s'éloigna de quelques pas sur la berge, un peu plus haut que le tas de branches en cours d'écorçage, s'arrêta et urina longuement. Puis relevant la tête, il vit, au-delà du fourré, sous les arbres qui fermaient l'espace dégagé, l'autre hutte, guère plus grosse qu'une cabane de chasse construite pour quelques jours seulement. Dans la pénombre du sous-bois, à travers le hallier défeuillé, deux silhouettes, debout devant la cabane, à peine visibles, l'observaient. Leur visage dessinait comme des taches pâles...

Un instant, il demeura figé, stupéfait. Les visages se détournèrent et fondirent dans l'ombre de la cabane. Un instant après, une femme réapparut. C'était Kahuaoo. Elle sortit du hallier et s'en fut vers les huttes, comme si Ahorn n'était pas là, comme si elle ne le voyait pas, comme si elle ne savait pas qu'il avait reconnu en elle l'une des femmes avec qui il avait ri et parlé sous l'abri.

La stupéfaction retombée, Ahorn hésita un court instant. Il savait que l'autre visage était celui d'Ene'a. Il savait qu'elle se trouvait là.

Il fit un pas vers la cabane, crut percevoir un bref gémissement derrière lui, tourna la tête et découvrit la peur sur le visage livide et ahuri de l'enfant renifleur.

Quelqu'un cria, appela, depuis les huttes. L'enfant tressaillit.

Alors Ahorn revint sur ses pas et suivit le petit morveux qui serrait la pierre coupante dans sa main.

C'était elle. Ene'a. Il en était certain.

Il ne s'était pas trompé. Elle vint à lui, après le début de la nuit, alors qu'il n'avait cessé de se demander comment la rejoindre sans attirer l'attention de tous ceux et celles qui étaient dans la hutte.

8

Les Ohisihan l'avaient vu et savaient. Ahorn aurait pu ne rien dire, ne rien demander au sujet de la cabane à l'écart, mais une absence de curiosité de sa part eût certainement renforcé, sinon leur méfiance, du moins la prudente réserve qu'ils manifestaient depuis les premiers instants.

Ahorn, donc, interrogea les chasseurs qui l'avaient regardé venir vers eux, toujours groupés devant l'entrée de l'autre hutte. Avant de détourner la tête, les Ohisihan échangèrent des regards glissés, puis Tohki porta sa main devant sa bouche et murmura très vite :

– *Nokha.*

Ahorn comprit que ce mot, dans la bouche des Ohisihan, était celui qui disait *nokh* dans celle des Anâanni et des Ohihani.

Le trouble qu'il ne put contrôler pouvait toucher tout homme entendant ce mot, et sa réaction ne retint pas l'attention des autres. Mais il fut choqué de n'avoir pas perçu la ressemblance entre cette cabane et celle occupée par les hommes *nokh* des Ohihani sur le bord de la rivière. Détournant lui aussi la tête, comme il convient en présence de cette parole, il prit la précaution d'attendre, comme le voulait la prudence, bouche et paupières closes. Les battements de sa poitrine frappaient jusque dans sa gorge soudainement sèche.

Ene'a nokh..., nokha...

Les regards des chasseurs ohisihan étaient sur lui quand il rouvrit les yeux, mais ni plus ni moins scrutateurs. Il dit, pour s'éloigner de la parole dévoilée, et désignant l'enfant qui reniflait à côté de lui :

– Celui-là garde la bouche trop ouverte et toutes ses paroles sont parties.

Mais les chasseurs n'entendirent pas, ou firent comme s'ils n'avaient pas entendu. Ahorn réalisa alors que, depuis son arrivée, les chasseurs, les femmes, les enfants, tous les Ohisihan, paraissaient ne pas *voir* cet enfant-là qui allait et venait à sa guise, parmi eux, sans plus s'intéresser à eux, d'ailleurs, qu'ils ne s'occupaient de lui... Cette constatation inattendue s'ajoutant à ce qu'il venait d'apprendre au sujet d'Ene'a creusa un peu plus le vide ouvert autour des battements dans sa poitrine et le laissa interdit un trop long instant, les yeux écarquillés sur l'enfant que personne ne voyait et qui ne voyait personne, excepté lui. Il frissonna.

Se dérobant à la remarque d'Ahorn, Tohki se toucha le ventre et lui indiqua la hutte, d'un geste qui ordonnait plus qu'il n'invitait...

Ahorn obéit. Dans le jour finissant, il retourna à la hutte quittée quelques instant plus tôt, l'enfant renifleur derrière lui.

Les chasseurs ne l'avaient pas suivi.

À présent, la nuit était complètement sortie de terre et le sommeil refusait d'entrer dans la tête d'Ahorn.

Les chasseurs ohisihan n'étaient pas venus. Peut-être ne viendraient-ils pas. Peut-être les chasseurs absents étaient-ils sous l'autre hutte ? Le malaise né après qu'il avait aperçu la silhouette d'Ene'a – il était sûr que c'était elle – près de la cabane *nokh*, n'avait cessé de grandir, s'installant toujours plus profondément à mesure que le temps s'écoulait. Était-ce Han-Ohisihan, *nokh*, ou *nokha*, lui aussi (et pour quelle raison ?), qui se trouvait avec elle ? Ahorn ne le croyait pas : l'autre visage entr'aperçu, cette tache pâle, était plutôt celui d'une femme. Où était-il, alors ?

Ahorn s'assit près du feu ; les femmes s'écartèrent, et ce mouvement contrastait avec le comportement qu'elles avaient observé jusque-là. Otuh-hoa la rieuse n'était pas avec elles. La petite assemblée murmurante ne comprenait qu'un seul homme, Lihiti, qui, à l'extrémité de la hutte, sur une des couches de l'autre côté du foyer, évitait le regard d'Ahorn.

Kahuaoo, qui était sortie de la cabane *nokh*, lui avait donné de la viande du chevreuil fraîchement dépouillé, sans un mot, et s'était retirée avant qu'il puisse capter son regard.

Ahorn avait découpé la viande en fines lamelles qu'il posait sur la pierre plate au bord des braises et les regardait suer et chuinter, les tournant de la pointe de sa pierre. Il en porta une à sa bouche, sans faim. Le renifleur s'approcha, s'agenouilla près de lui. Ahorn n'eut pas à lui proposer de se servir : l'enfant rafla deux lanières de viande sans se préoccuper de leur cuisson et les fourra dans sa bouche, mâchant avec force grimaces. Ahorn poussa vers l'enfant ce qui restait de viande crue, il toucha du doigt le petit poing fermé sur la pierre coupante qu'il lui avait donnée pour l'inviter à tailler lui-même ce qu'il voulait. Au contact, l'enfant eut un sursaut, cessa de mâcher et esquissa un mouvement pour éviter – mais trop tard – le contact. Puis il reprit sa mastication et, sans plus hésiter, se servit de la pierre offerte par Ahorn. Il avait des gestes précis qui témoignaient d'une longue pratique...

Puis Ahorn s'éloigna du feu et se retira sur la couche qui lui avait été assignée. La litière était craquante et épaisse, confortable.

Comme il n'avait pas retiré ses capes et s'était couvert des peaux de chèvres à longs poils, la sueur n'avait pas tardé à mouiller ses aisselles et son dos. À peine s'était-il éloigné du foyer que les femmes s'en approchèrent, prirent place autour du feu, avec quelques-uns des enfants qui se trouvaient sous la hutte. Elles lui tournaient le dos. Il devina quelques coups d'œil furtifs. Elles mangèrent à leur tour, firent monter la flamme. Les ombres grandirent et tournèrent autour d'elles, sur les parois. Elles parlaient à voix basse, avec des mots heurtés qu'Ahorn ne comprenait pas.

Quand elles vinrent prendre place autour du feu, ni elles ni les enfants ne prêtèrent attention au morveux : ni accepté, ni repoussé, il était tout simplement ignoré.

L'enfant renifleur continuait de couper sa viande avec la lame de pierre, posait les fines tranches sur le galet plat, d'un côté puis de l'autre, le temps qu'elles pâlissent, puis les enfournait dans sa bouche, toutes fumantes et grésillantes. La dernière tranche happée, il se leva, alla faire un tour au fond de la hutte où deux garçons de sa taille lançaient et attrapaient en l'air des graviers ronds, chacun son tour. Il les regarda faire un long moment, avant de revenir vers le foyer, puis vers Ahorn qui ne l'avait pas quitté des yeux. Il s'assit sur la couche à son côté, tira une peau de chèvre, s'en couvrit et, tassé sur lui-même, ne bougea plus, ses yeux terribles braqués sur les silhouettes des femmes contre la lumière des flammes, devant lui.

Les femmes et les enfants restèrent près du foyer le temps que les morceaux de racines noueuses posés sur les flammes soient changés en braises.

La nuit dehors était montée plus haut vers le ciel, silencieuse, autour de la longue parole du ruisseau, jusqu'à ce que la pluie revienne et tapote les grandes peaux couvrant la hutte. L'averse fut comme un signal que les femmes écoutèrent un instant avant de quitter le feu pour rejoindre les couches alignées le long de la paroi d'en face. Aucune femme, aucun enfant, ne vint se coucher sur la litière du côté d'Ahorn et du renifleur qui était resté assis. Des bruits embrouillés de conversations avaient encore tourné.

Ahorn attendait. Avant la nuit, il avait été certain qu'une femme au moins se glisserait jusqu'à lui au moment du sommeil. Ooht au vêtement d'herbes tressées ? Ou bien la maigre rieuse Otuh-hoa avec son trou dans les dents... Ou bien Kahuaoo.

Kahuaoo était restée seule, la dernière, près du feu qu'elle rechargeait en bois dur, avec des gestes lents, choisissant les morceaux et les entassant de manière à ce que les flammes tiennent une partie de la nuit. Elle ne lui tournait plus complètement le dos, et son regard glissait parfois par-dessus son épaule ronde... Elle se leva pourtant et rejoignit les autres.

La respiration du morveux s'était faite bruyante, traversée par un petit sifflement régulier : il dormait, la bouche et les yeux grands ouverts, une bulle gonflée et dégonflée aux narines, le visage enfin défroissé de son expression hérissée.

Ahorn attendait. Non plus qu'une des femmes le rejoigne comme il l'avait craint un moment, mais que les souffles soient retombés et tranquilles, les yeux éteints, la flamme suffisamment courte au centre de la lumière affaiblie, la pénombre plus épaisse.

À un moment, ses yeux se fermèrent.

Quand il les rouvrit, dans un violent tressaillement, elle était là, debout près de lui et le regardait.

Ahorn ne bougea pas. Il ne savait pas quelle hauteur atteignait la nuit, si le feu avait été alimenté en bois depuis qu'il s'était absenté dans le sommeil. Les flammes n'étaient ni plus basses ni plus hautes et leur lueur n'avait pas changé. La pluie battait toujours la couverture du toit et coulait au-dessus de l'entrée : on l'entendait frapper le sol.

Elle le regardait.

La lumière du feu l'éclairait de côté, laissant dans l'ombre son visage et faisant briller ses cheveux mouillés qui n'étaient pas coiffés comme ceux des autres femmes ohisihan, relevés et noués au-dessus de leur crâne, mais pendaient, libres, en une masse épaisse de mèches frisées. Elle ne portait pas non plus cette courte cape à capuchon faite de peaux ou de tiges d'herbes tressées qu'Ahorn avait vue sur toutes les épaules. La pluie avait marqué d'un sombre lacis le haut de son vêtement lâche en peaux cousues non retaillées, ouvert pour le passage de la tête et des bras, serré à la taille par une lanière, et dont la plus basse découpe ne descendait pas sous les genoux. Elle avait les jambes et les pieds nus, mais les bras enveloppés de manchons non attachés aux épaules du vêtement et maintenus par des lacets, du poignet à l'aisselle.

Il sut que c'était elle, il le savait sans doute avant même d'ouvrir les yeux, avant que sa présence immobile ne le fasse tressaillir. Pourtant, l'image qu'il avait gardée d'elle ce jour-là, quand elle n'avait pas encore de nom et qu'elle était agenouillée sur le bord de la grande eau tranquille des Anâanni, n'était pas celle de maintenant. Le pétillement de ses yeux posés sur lui, quand elle s'était levée et s'était approchée de lui qui n'avait rien su faire d'autre que s'enfuir à toutes jambes et se cacher, cette lumière était éteinte, ensevelie, et c'étaient des yeux consumés par un autre éclat qui le regardaient. Ses lèvres sombres, épaisses, proéminentes dans son visage amaigri Ahorn craignit un instant que ces lèvres, comme celles de l'homme *nokh* des Ohihani... mais non... – soufflèrent sur les mèches retombantes des cheveux pour en chasser les gouttes de pluie.

Il se redressa, puis s'assit, appuyé sur un bras qui tremblait.

Elle tendit la main vers l'enfant. Comme il ne bougeait pas, ou pas assez vite, elle le pressa d'un grognement sourd et bref ; alors il se leva, quitta la peau dans laquelle il s'était enveloppé et vint se placer près d'elle, la trogne de nouveau fripée, les yeux pochés de sommeil, sa peau nue parcourue de frissons. Elle prit la peau de chèvre et la lui mit sur les épaules ; prolongeant son geste, elle saisit le poignet de l'enfant, et il ouvrit sa main. Elle regarda la lame de pierre au creux de l'étroite paume maculée de terre, de graisse et de cendre. L'enfant renifla vigoureusement. Puis elle tourna la tête vers Ahorn et le fixa un long moment avant de s'accroupir. Il ne voyait de ses yeux qu'un grand repli sombre sur une palpitation de braise prête à flamber.

Autour d'eux, dans la pénombre de la hutte enfumée, s'élevaient des ronflements et des respirations lourdes.

Elle dit :

– Ahorn...

Comme si elle regardait, un peu surprise, s'enfuir le nom enfermé dans sa bouche.

Elle ne pouvait savoir ce nom que depuis peu, depuis que Kahuaoo, ou une autre, le lui avait dit... Elle ne pouvait pas l'avoir gardé avec elle depuis ce jour-là au bord de la grande eau tranquille, où, peut-être, elle l'avait entendu de la bouche d'une femme anâanni. Pourtant, le frisson qui monta dans le dos d'Ahorn venait sans doute de cette fragile et éphémère image-là...

– Ene'a, dit-il, à voix basse.

Puis il dit :

– Ahorn, Anâanni...

Parce qu'elle ne se redressait pas, il sut que les images étaient encore en elle et vit un sourire dans la brève crispation de ses lèvres.

– Anâanni... souffla-t-elle.

En quelques paroles précises, Ahorn dit les saisons écoulées, les jours courts et longs, les arbres feuillus et dépouillés, les rivières grondeuses et reposées, les neiges entassées sur le silence, depuis que les Ohihani, dans un haut soleil chaud finissant, étaient venus rendre visite aux Anâanni. Elle écouta. L'enfant à son côté, la bouche ouverte et le nez encombré, faisait un effort pour empêcher ses paupières lourdes de tomber.

Il dit :

– Ahorn a vu cette femme. Cette femme est repartie avec les Ohihani et Ahorn est allé sur ses pas chercher son nom, et un chasseur ohihani le lui a donné.

Elle secoua vivement la tête, laissant les cheveux pendre sur le haut de son visage ; des gouttelettes de pluie projetées par le mouvement touchèrent l'enfant, qui sursauta.

– Le nom de cette femme n'est plus ce nom, dit-elle dans un souffle qui semblait plein d'une colère consumée. Cette femme n'a plus de nom.

Elle amorça un mouvement de redressement qu'Ahorn voulut retenir et qui se transforma en esquive, avec un gémissement sourd et bref, au contact furtif de la main tendue vers son genou. Figée de nouveau, le souffle emballé. Puis, elle répéta, le visage dans l'ombre, les yeux cachés derrière la masse de ses cheveux rabattus, sur un ton qui mourait entre ses lèvres à peine écartées :

– Cette femme n'a plus de nom.

– Ene'a, murmura Ahorn.

Elle se raidit. Un enfant toussota sous les peaux, de l'autre côté du foyer ; la toux rebondit, se transforma en raclements de gorge, en gémissements contrariés, se propagea aux autres dormeurs. Puis ce fut de nouveau le seul bruit de la pluie.

– Où est le nom d'Ene'a ? chuchota Ahorn.

Elle hésita, comprenant ce qu'il voulait dire : elle était *nokh* (ou *nokha* dans la parole des Ohisihan) et se trouvait néanmoins assise devant lui alors qu'elle n'aurait pas dû l'être, lui parlait alors qu'elle n'aurait pas dû le faire, mais il était trop tard pour se taire et lui ne cherchait pas à s'enfuir, ni à s'échapper. Elle fit le geste de son poing fermé, touchant son front une fois, puis touchant plusieurs fois la terre durcie du sol de l'abri pour signifier plus bas, en dessous : voilà où était son nom.

L'âpreté au fond de la gorge d'Ahorn emplit sa bouche et lui sécha la langue.

– Où est le nom de celui-là ? dit-il en désignant l'enfant renifleur abasourdi de somnolence.

Elle n'entendit pas, mais demanda du bout des lèvres, dans un soupir tombé :

– Que fait Ahorn sous la hutte des Ohisihan ?

Frappée par la pluie, la forêt se taisait. La grande forêt sous le ventre lourd du ciel chargé de nuit et de pluie se taisait. Au cœur de ce silence, de cette pluie, la bouche d'Ahorn était un nœud de bois sec.

– Ahorn veut Ene'a, dit-il. Il est venu la prendre pour l'emmener.

La grande forêt se taisait comme un long cri profond.

Ene'a secoua la tête, pour dire que c'était impossible. Sa voix se fit hachée, libérant les paroles rapides :

– Ahorn des Anâanni doit partir, marcher contre ses pas qui l'ont conduit ici devant les yeux des

Ohisihan. Marcher vite, comme un *oragh* qui s'enfuit avant que les chasseurs lancent leurs bâtons. Ahorn est venu, il s'en va. Maintenant. Vite.

Ahorn secoua la tête, lui aussi :

– Ahorn s'en va avec Ene'a, parce qu'il veut cette femme. Ahorn homme est fort, très fort de la force qu'Okough a mis dans son ventre et ses bras. Ahorn ne craint pas le mauvais souffle *okough* et il peut parler à Okough qui l'écoute. Il peut faire tomber le mauvais souffle *okough* qui fait de cette femme une femme *nokh*.

– Ahorn ne sait pas !

– Ahorn sait.

Elle se leva vivement, et il ne put tenter le moindre geste pour la retenir. Elle recula d'un pas, indécise, tremblante, se baissa de nouveau, accroupie, le poids du corps portant sur un talon. L'éclairage différent du feu taillait des ombres dures autour de sa bouche, sous les pommettes, faisait briller ses yeux à travers ses cheveux.

– Ahorn ne sait pas, dit-elle entre ses lèvres épaisses.

Il s'agenouilla, lui fit face, en prenant garde que son mouvement ne froisse pas trop bruyamment la litière d'herbes et de genêts, et rabattit précautionneusement les fourrures de sa couche. Il eut un coup d'œil pour vérifier que son bâton se trouvait bien où il l'avait mis à son retour sous la hutte, près de l'entrée, et crut voir briller, sous le repli d'une peau, de l'autre côté du foyer, l'œil ouvert de Kahuaoo...

– Ahorn, dit-il en plaquant une main sur son front, a beaucoup de choses derrière les yeux. Il a la force que lui a donnée Okough. Il ne craint pas le mauvais souffle *okough* d'une femme *nokh*.

Il dit, cherchant ses yeux pour y planter droit son regard, pour s'y planter tout entier :

– Ahorn ne craint pas celui qui a enlevé la femme ohihani dans sa hutte. Il est venu prendre le nom de cet homme chasseur de femmes.

Il vit s'ouvrir, sur le silence, la bouche d'Ene'a. Il vit son visage se figer, s'éteindre puis son regard se rallumer sous la tignasse. Elle souffla :

– Ahorn est là beaucoup de jours après.

Il crut n'avoir pas bien entendu ou du moins ne comprit pas tout de suite, partagé entre l'envie de s'enfuir et celle d'aller de l'avant, avec le risque dans les deux cas de se dissoudre plus ou moins vite dans le vide qui s'ouvrait progressivement autour de lui. Elle ne lui laissa pas le loisir de faire un choix, ni le temps de démêler les mots qu'elle venait de lui jeter. Elle poursuivit :

– Cette femme avait un nom, avant que l'enfant du Ohisihan sorte de son ventre...

Il répéta d'une voix atone, basse et chavirée :

– *Ahorn est là beaucoup de jours après ?* Après ?

– ... et elle avait un nom avant que d'autres hommes viennent casser le souffle du Ohisihan qui a mis cet enfant dans *mon* ventre.

Elle ne dit pas son nom pour montrer à qui était le ventre, elle dit *mon*, un mot étrange, inconnu d'Ahorn, une parole ohisihan qu'il comprit aussitôt et qui la désignait à la fois hors des gens et parmi eux, et, parce qu'elle était sortie de sa bouche, unique et plus forte que pouvait l'être simplement son nom.

Après avoir longtemps lutté contre le sommeil,

l'enfant renifleur avait fini par se rendormir, debout, les yeux bizarrement ouverts et fixes. La tape que la femme lui donna sur le bras d'un revers de la main le fit sursauter violemment. Ahorn dit :

– L'enfant dans... le ventre...

Les yeux écarquillés, il regardait l'enfant, et l'enfant le regardait, tordant le nez, étirant la bouche avec des grimaces affreuses.

Ene'a était debout. Elle remonta la peau de chèvre qui glissait jusque sur la tête de l'enfant et l'y maintint en gardant sa main posée dessus.

– Pas *celui-là*, dit-elle.

Elle le poussa devant elle.

– Ahorn s'en va, maintenant, avec la nuit, dit-elle. Sous les arbres au bord de l'eau. Ahorn suivra l'eau, il ne remontera pas sur ses pas dans la roche droite. Alors il gardera son souffle et son nom.

Elle donna une autre secousse, du bout des doigts, dans le dos de l'enfant, et sortit derrière lui. Le bruit de la pluie dégoulinant du bord du toit monta par l'entrebâillement du rabat de peaux, et continua de crépiter, une fois les peaux retombées, dans le crâne d'Ahorn.

Iru avait vu entrer Ahorn dans la hutte des Ohisihan, longtemps après que celui-ci fut arrivé en bas de la falaise et eut disparu à ses yeux sous les arbres où des gens de cet endroit l'attendaient. Cela signifiait que ces gens n'avaient pas trouvé de raison immédiate pour le percer de leurs épieux, de leurs bâtons ou le fracasser avec les pierres emmanchées qu'ils utilisaient pour tailler les arbres.

Il avait vu les Ohisihan entrer à sa suite dans la

hutte, en ressortir dans la lumière déclinante, et il l'avait vu, lui, sortir à son tour et s'éloigner vers le ruisseau en compagnie d'un enfant. Les battements dans sa poitrine s'étaient précipités : ce n'était pas *l'enfant*, ça ne pouvait être *l'enfant*, celui-là avait trop de saisons. Et il l'avait vu revenir en compagnie du même enfant, au bord de la nuit qui grandissait, se diriger d'abord vers l'autre hutte qui l'avait caché un moment, puis réapparaître et entrer sans doute (la nuit l'avait empêché de bien voir) sous la première.

Il avait mangé quelques morceaux de poisson qu'il écrasait d'abord dans ses doigts et poussait avec délicatesse entre les commissures de ses lèvres douloureuses.

Avec la nuit, le froid qui montait de la terre et de la couche mouillée de feuilles très anciennes était entré sous sa peau. Iru avait dégagé les feuilles, sous le buisson, puis creusé avec ses mains, cherchant une terre que l'eau n'eût pas atteinte. En vain. Alors, il s'était enveloppé du mieux possible dans sa cape de peau de grand cerf.

Le froissement dans les feuilles parvint à ses oreilles, le tirant de sa torpeur, alors que les premières gouttes de pluie piquetaient les arbres autour de lui.

Redressé sur un coude, il écouta les profondeurs enchevêtrées de la nuit... Mais le bruissement s'arrêta, ou bien s'éloigna, recouvert par celui de la pluie, et la pluie le transperça, emplit l'excavation qu'il avait creusée, l'obligeant à un moment de la nuit à quitter le buisson, la peau de cerf relevée sur sa tête, pour aller se réfugier plus en deçà de l'arête de la falaise, au pied de quelques petits sapins touffus. Et le bruit de la pluie engourdit sa vigilance.

Quand il perçut de nouveau les pas glissant sur les feuilles et les aiguilles détrempées, il était trop tard.

Dans la hutte, Ahorn se dressa sur ses jambes, son ombre plaquée contre la paroi de branches entrelacées derrière lui. Les paroles d'Ene'a se pressaient et se bousculaient dans sa tête emplie de brouillard.

Au travers de ce brouillard irisé par la lueur du feu rougeoyant, il vit Kahuaoo qui se haussait sur un coude et il comprit qu'elle savait, qu'elle avait entendu les propos chuchotés entre Ene'a et lui. C'est pour cela qu'elle ne bougeait pas, ne réveillait personne, ni le chasseur Lihiti qui ronflait, ni les autres dormeuses. Elle regardait simplement Ahorn en croyant qu'il suivrait les paroles d'Ene'a.

Mais Ahorn n'avait pas l'intention de suivre les paroles d'Ene'a.

Il saisit son bâton, sortit de la hutte et se précipita dans la nuit hachée par la pluie.

[illegible]

[illegible]

[illegible]

Mais Alban [illegible]

[illegible]

9

La nuit les avait avalés.

Ahorn jeta un coup d'œil à la peau qui fermait soigneusement l'autre hutte : Ene'a et l'enfant renifleur n'y étaient pas entrés. D'ailleurs, il savait où ils se trouvaient. Il s'élança, ses pieds nus claquant sur la terre ruisselante. Débouchant du coin de la hutte à hauteur du tas de branches et de petits troncs écorcés, il vit le trait de lumière roussâtre à travers le hallier, tamisé par le rabat protecteur de la cabane.

Il trébucha dans les branches, s'écorcha les jambes, glissa, tomba, se releva aussitôt et fonça dans la broussaille qu'il écartait à grands coups de bâton sans se soucier d'être entendu.

Dans la rage touffue qui le brûlait, embrasée par les paroles venues de la bouche sombre d'Ene'a, aiguillonnée par ce que Varakh et l'homme *nokh* caché quelque part en haut de la falaise lui avaient tu, sa prudence avait fait place à une détermination farouche : retrouver Ene'a et l'entendre répéter ces paroles-là, et dire toutes les autres qu'elle avait en elle – toutes celles qu'aucun des Ohihani ne lui avait dites.

La cabane était apparemment plus haute, plus grande et plus solide que celle où vivaient les hommes *nokh* ohihani. Les perches courbées de la structure hémisphérique étaient plantées dans le muret de pierres entassées qui formait sa base et assurait son assise. Certaines des peaux graisseuses et sans poils de la toiture laissaient passer la lumière du foyer, hachurée par l'armature du treillis de branchages. La portière était un tressage tendu sur un cadre rigide piqué de petits fagots de genets cousus entre eux, et l'entrée n'était pas une ouverture jusqu'au sol, mais un trou dans le muret, à hauteur de la première rangée de pierres.

Ahorn poussa le panneau tressé et entra.

L'enfant au museau de fouine avait toujours sur les épaules la peau de chèvre mouillée ; il haletait encore après sa course sous la pluie. Ene'a se figea, penchée vers le feu. Leurs visages ruisselants tournés vers lui étaient creusés d'un même regard, immense et noir, leur souffle suspendu.

Il aperçut, confusément, l'autre visage, pâle et maigre, osseux, une forme allongée qui bougeait sur une couche de fourrures et de fougères, à l'opposé de l'entrée, contre le muret. La lumière du feu, douce pourtant, était trop violente encore pour les yeux d'Ahorn qui venait de la nuit. Ene'a, le visage empreint d'une colère au moins égale à celle d'Ahorn, fit un mouvement vers la pierre emmanchée près du foyer, qui servait à fendre les trop gros morceaux de branches.

Ahorn gronda :

– Non !

Il tenait son bâton à deux mains et le pointait vers

elle, par-dessus les flammes basses couronnant le petit tas de brandons. Ene'a n'osa pas achever son geste et recula.

L'enfant se racla grassement la gorge. Pour la première fois, son visage exprimait autre chose que sa farouche hébétude ordinaire : de l'agacement. Il glissa hors de la peau de chèvre tel un ver d'eau qui sort de sa cache, et alla réajuster la portière que l'irruption d'Ahorn avait déplacée des supports fourchus fixés de part et d'autre de l'ouverture. Puis il revint se placer à l'endroit exact où il se trouvait avant, mais laissa la peau de chèvre sur le sol.

– Ahorn veut entendre, gronda Ahorn.

L'autre femme s'était assise. Elle était d'une grande maigreur, la peau collée aux os de son visage, l'arc de sa denture saillant derrière les lèvres plissées et entrouvertes, et dans l'échancrure d'un vêtement semblable à celui d'Ene'a, on voyait sa poitrine plate et vide pendre sur ses côtes. Au fond des orbites soulignées de terre rouge, son regard n'était qu'une double fissure grise, opaque, entre les plis lâches des paupières. Elle eut un gémissement interrogateur, bascula la tête en arrière en un mouvement qui soulignait les os mous et les liens sous la peau de son cou, comme pour orienter vers Ahorn les fentes de son regard plutôt que de soulever les paupières.

– Entendre encore ! dit Ahorn.

Ene'a tourna la tête et poussa un grognement rassurant en direction de la femme assise. Puis elle eut un autre bruit de gorge et toucha la nuque du renifleur. L'enfant ramassa la peau de chèvre par les poils, recula en traînant les pieds sur le sol de pierres plates et s'assit contre le muret.

– Ahorn va frapper cette femme sans nom ? dit Ene'a.

Elle regarda la pointe du bâton menaçant, puis Ahorn.

Il vit que quelque chose remuait, dans l'ombre de la femme assise, derrière elle, parmi les peaux à longs poils de la couche et perçut une sorte de soupir bref et hoquetant. La femme se tourna, se pencha, et, prenant dans la sienne la petite main sortie de sous les fourrures, émit des clappements de langue apaisants.

Cet enfant-là ?

La colère s'effaça sur le visage d'Ene'a. Ahorn en ressentit une tension confuse et baissa le bâton. Ene'a ne fit aucun geste vers la pierre emmanchée. Désignant du regard la femme assise et l'enfant sous les fourrures, Ahorn insista :

– Celui-là ?

Ene'a ne répondit rien, mais ses yeux qui le fixaient sans ciller, son attitude, parlaient pour elle.

Ahorn écarta du feu la pointe du bâton et l'abaissa jusqu'au sol.

– Han-Ohisihan... dit-il.

Il marqua un temps. Ene'a ne bougeait toujours pas. Il reprit :

– Han-Ohisihan, ce chasseur de femmes, a mis cet enfant dans le ventre d'Ene'a ?

Elle tressaillit imperceptiblement et une lueur brilla dans son regard.

– Où est le nom de ce chasseur de femmes ? poursuivit Ahorn. Où est son souffle ?

– Comment celui qui parle, avec sa bouche anâanni, sait-il le nom de Han-Ohisihan que Han-

Ohisihan a donné aux oreilles des Ohihani ? gronda-t-elle.

La pluie martela la cabane avec force, comme si elle avait choisi de redoubler de violence à cet instant précis.

Avant qu'il décide de répondre ou non à la question, Ahorn comprit qu'Ene'a connaissait la réponse, et qu'elle la connaissait même, probablement, depuis que Kahuaoo l'avait prévenue de son arrivée... Il comprit aussi que ce n'était pas pour reprendre l'enfant renifleur qu'elle était entrée sous la hutte...

Il attendit que la bourrasque passe sur la cabane. La pluie poussée par le sursaut du vent coula par le trou à fumée, tomba dans les braises qui grésillèrent. Il parla, les yeux irrités par les volutes de fumée soudain tourbillonnantes. Il jeta les mots vers elle, comme il eût lancé des pierres pour l'atteindre et briser la résistance qu'elle lui opposait.

Sans broncher, elle l'écouta dire qu'il était venu la prendre pour la ramener sous la hutte des Ohihani, car il était maintenant un homme fort ohihani à qui Okgha le Rêve avait parlé, un homme qu'Okgha le Rêve avait désigné, dans les bras et le ventre de qui Okough avait mis sa force. Il était un homme fort qui ne craignait aucun chasseur de femmes, pas même Han-Ohisihan qui traçait les gens invisibles sur la pierre ou la terre. Il dit qu'il était venu avec des images derrière ses yeux, que celles qu'il avait, ici, devant ses yeux étaient différentes, et que si Han-Ohisihan tentait de l'empêcher de faire ce qu'il devait faire, il le transpercerait de son bâton, lui casserait la tête et prendrait son souffle. Et même si cet homme avait mis cet enfant dans son ventre, il la prendrait et la ramènerait parmi les siens avec l'enfant, car il avait la force pour la délivrer des mauvais souffles *okough* qui faisaient d'elle une femme *nokh* sans nom. Il était, lui, Ahorn, celui qui lui redonnerait son nom en la ramenant parmi les siens et avec elle l'enfant.

Elle le laissa parler sans l'interrompre, ni d'un mot ni d'un geste, sans rien changer à son maintien austère, et quand il se tut pour qu'elle parle à son tour, elle dit :

– Ahorn ne prendra pas le souffle de Han-Ohisihan. Le souffle de cet homme est retourné sous la terre avec lui, un jour de haut soleil chaud dans le grand ciel. Ce jour-là, beaucoup de soirs avant que l'enfant mis dans *mon* ventre en sorte, un jour de première neige après les feuilles tombées, ce jour de haut soleil dans le grand ciel, les Ohihani sont venus et ils ont pris le souffle de Han-Ohisihan. Et ils sont repartis.

Ahorn hocha la tête, lentement, plusieurs fois. Il mit ses paroles sur celles d'Ene'a :

– Les Ohihani sont venus, un jour de haut soleil dans le grand ciel, pour prendre le souffle de Han-Ohisihan qui marchait devant les chasseurs de femmes et qui avait emporté deux femmes ohihani, qui en avait tué une avant de traverser la rivière. Les Ohihani, ce jour de haut soleil étaient venus faire cela et reprendre cette femme Ene'a. Mais Han-Ohisihan était alors plus fort qu'eux, il avait pour lui la force invisible d'Okough, et il a tué un des chasseurs ohihani, et les autres sont repartis sans avoir fait ce qu'ils devaient, sans ramener avec eux Ene'a prise par les chasseurs de femmes. Et ils étaient *nokh*, poursuivis par les mauvais souffles *okough.* Depuis, les mauvais souffles *okough* sont sur les Ohihani. Ahorn est celui qui chassera les mauvais souffles *okough* et qui fera ce qu'ils n'ont pas fait. Il reprendra Ene'a qu'il voit depuis le jour où elle a été devant ses yeux une première fois.

Elle eut le même mouvement de tête que lui.

– Les bonnes paroles ne sont pas dans la bouche de cet homme qui parle, dit-elle. Les bonnes paroles sont celles-ci : un Ohihani est venu dans les huttes des Ohisihan pour prendre le souffle de Han-Ohisihan en l'entraînant sur ses pas. Les chasseurs avec Han-Ohisihan ont poursuivi le Ohihani dans les roches droites et le Ohihani a été rattrapé par Han-Ohisihan. Il y avait d'autres Ohihani cachés sur le haut des roches droites. Ils ont lancé des pierres et Han-Ohisihan a été emporté, avec un autre ohisihan, et avec le Ohihani qu'il avait rattrapé. Tous les chasseurs ont poursuivi les Ohihani et les ont chassés. Le souffle de Han-Ohisihan est parti ce jour-là.

Alors, pourquoi lui avaient-ils dit que Han-Ohisihan devait être tué ? Pourquoi lui avoir demandé de le faire ? Pourquoi croyaient-ils que la seule présence de Han-Ohisihan rendait impossible une nouvelle tentative pour reprendre cette femme ?

Varakh et Arusi aux longues oreilles savaient-ils la mort et le retour au ventre de la terre de ce trop puissant voleur de femmes ? S'ils le savaient...

Ils ne le savaient pas.

Quand Ene'a reprit, après un court silence, ses paroles achevèrent d'embrouiller les images qui s'agitaient dans sa tête :

– Cette femme qui parle, sans nom, ne suivra pas

Ahorn. Cette femme est ohisihan, maintenant. Han-Ohisihan avait une force que les autres Ohisihan n'ont pas, il était celui qui parle. Cette femme sans nom a senti grandir dans son ventre l'enfant qu'il y a mis, mais il était alors redevenu invisible sous la terre, son souffle lui avait été enlevé. Et cet homme invisible est celui qui regarde cet enfant dans *mon* ventre, et qui fait de cette femme une femme *nokha* avec le souffle d'Okough en elle, pour aider l'enfant. Cette femme *nokha* ne sera plus *nokha* et redeviendra femme forte quand cet enfant ne sera plus enfant, quand il sera le nom revenu de celui qui l'a mis dans *mon* ventre.

– Ahorn qui parle peut casser le mauvais souf...

– Cette femme ne partira pas ! gronda Ene'a.

Abasourdi, la tête chahutée par trop de paroles qu'il n'attendait pas, Ahorn n'esquissa pas même un geste quand elle saisit la pierre emmanchée et la brandit des deux mains, en position défensive.

– Cette femme sans nom, dit-elle d'une voix rauque, ne *veut* pas partir. Elle est *Mah*-Ohisihan, femme des Ohisihan, et les chasseurs ohisihan ne sont pas des chasseurs de femmes ! Cette femme qui était Ene'a avec les Ohihani n'a pas été prise par les Ohisihan. Elle est partie avec cet homme qui savait dire les paroles invisibles des gens autres que les hommes. Elle voulait suivre cet homme-là. Elle a *choisi* cet homme Han-Ohisihan ! Le nom de cette femme est maintenant Mah-Ohisihan, plus Ene'a ! Mah-Ohisihan ne connaît plus Ene'a.

Les paroles étaient presque un cri. Pourtant Ahorn ne réagit pas. Il y avait trop de cris en lui, derrière ses yeux, trop de chaleurs et de frissons qui traversaient son corps. D'autres cris montaient du dehors. La pluie, elle aussi, était un cri, chaque goutte de pluie était un cri.

L'enfant renifleur leva la tête.

La femme assise près de l'enfant venu du ventre de Mah-Ohisihan se redressa.

A travers la fumée, dans la lueur palpitante du feu qui mourait, Ahorn regardait cette femme, dont il avait en lui le sourire depuis le jour où, au bord d'une grande eau tranquille, elle s'était levée et était venue vers lui. Cette femme dont le regard brûlait et qui soudain hurla :

– Ahorn s'en va ! Il part ! Vite ! Maintenant ! Qu'il écoute !

Qu'il écoute ?

– Les chasseurs ont trouvé d'autres Ohihani qui attendaient comme déjà avaient attendu ceux qui ont pris le souffle de Han-Ohisihan ! Ahorn va être pris, maintenant ! Qu'il parte vite !

Pourquoi ces larmes brillantes dans cette colère, et cette voix qui tremblait ?

Il *entendit* le tumulte, au dehors, que tailladait la pluie. Le brouhaha confus des vociférations.

Pourtant, au lieu de reculer vers la portière, il bondit en avant, marcha sur les braises du foyer, les éparpillant en tous sens. Il eut alors une brutale détente du bras et le long bâton fila. Sa pointe toucha sous l'aisselle la femme assise, perça la peau dans l'échancrure lâche du vêtement et se planta entre les os. Elle poussa un hurlement qui se changea en râle aigu. La braise mordait le pied d'Ahorn sans qu'il y prenne garde. Lâchant le bâton, il arracha la pierre emmanchée des mains d'Ene'a qui, déséquilibrée, se serait affalée dans les braises s'il ne l'avait pas retenue, puis repoussée. Elle trébucha et tomba en arrière contre la paroi.

Ahorn frotta son pied sur le sol pour se débarrasser de la morsure du feu et fit un bond vers l'autre femme qui tentait d'arracher la pointe acérée plantée dans son flanc ; il empoigna le bâton et poussa. C'est à peine s'il sentit une faible résistance. Le ululement strident qui s'échappait de la bouche sombre s'interrompit tout net. Il saisit alors la petite main qui dépassait des peaux de la couche, tira à lui l'enfant qui se mit à pleurer. Découvrant sa tête blême et chauve, ses grands yeux écarquillés de terreur, sa bouche hurlante, Ahorn, dans un réflexe de répulsion, lança le petit corps nu aux membres qui ballottaient vers Ene'a. Elle saisit au vol la chose blême et désarticulée qu'elle serra dans ses bras.

Les cris, au-dehors, étaient maintenant parfaitement audibles, malgré les crépitements de la pluie. Le renifleur se précipita vers l'entrée de la cabane et souleva le panneau tressé, peut-être autant pour fuir que pour voir ce qui se passait à l'extérieur.

Ahorn abandonna le bâton fiché dans l'autre femme, saisit d'une main la pierre emmanchée, empoigna de l'autre Ene'a-Mah-Ohisihan. Soucieuse de protéger l'enfant, elle n'opposa aucune résistance. Il poussa le renifleur dans l'ouverture, s'y précipita à son tour et trébucha, entraînant dans sa chute sa captive échevelée et l'enfant qu'elle tenait embrassé. Ahorn se dégagea puis se redressa. Il était trempé comme s'il sortait d'un ruisseau.

Il vit plusieurs hommes débouler de la grande hutte vers la falaise, et d'autres courir entre la hutte et le ruisseau. Des ombres noires dans les ténèbres, parcourues de reflets luisants. Les cris continuaient de monter de l'autre côté de la hutte. Il aperçut une flamme et des crépitements d'étincelles au poing d'un des hommes qui couraient à l'angle de la hutte vers la falaise, puis une torche jaillit parmi l'autre groupe. Les appels lancés par les uns et les autres retombèrent dès que les premiers Ohisihan aperçurent à travers le maigre hallier les fuyards figés sous la pluie.

Ahorn eut un mouvement vers la forêt. Ene'a résista.

– Plus bouger, siffla-t-elle entre ses dents. Laisser Mah-Ohisihan !

Il lâcha son bras. Mais pas la pierre dont il tenait fermement le manche dans l'autre main. C'était trop tard. Les hommes et les femmes avaient traversé les buissons qui fouettaient les peaux mouillées de leurs vêtements, et fondaient sur eux. Ahorn en reconnut immédiatement plusieurs, éclairés par la mauvaise lumière d'un brandon. Kahuaoo était à leur tête et se précipita vers Ene'a. Il voulut crier une menace mais avant qu'un son franchisse sa gorge, ils furent sur lui, dans un grondement.

Ils s'emparèrent de la pierre emmanchée, empoignèrent Ahorn par les bras, les vêtements et les cheveux. Il fut projeté et tiré à travers les buissons. Des branches lui fouettaient les jambes et griffaient son ventre. Il trébucha, tomba, mais les autres continuèrent de le traîner sur les pierres, dans les herbes et la boue de la berge. Puis ils le plaquèrent au sol, à plat ventre, et le maintinrent dans cette position à coups de pied dans le dos. Un choc plus violent que les autres, derrière la tête, fit jaillir des lueurs devant ses yeux. Quelqu'un enfonça son visage dans la terre saturée d'eau.

Par-delà les bourdonnements et les éclats de bruits, il perçut de véritables hurlements qui vrillaient la nuit au-dehors et au-dedans de lui. Il avala de l'eau boueuse qui lui brûla la poitrine, cracha, toussa, et se débattit. Alors, on le plaqua violemment contre quelque chose de dur. Crachant et secouant la tête pour se libérer la boue collée sur sa bouche et sur ses yeux, il réalisa qu'ils l'avaient traîné jusqu'à cette espèce de palissade en cours de tressage sur la berge. Ils l'adossaient contre un pieu, lui tiraient les bras en arrière et lui liaient les poignets.

Les Ohisihan s'agitaient autour de lui, hommes, femmes et enfants, en une mêlée de visages, de bras et de jambes fouettés par la pluie, traversée de cris et d'exclamations.

Ahorn reconnut Agohan qui brandissait ses épieux en piétinant sur place, projetant autour de lui de grandes giclées de boue ; il entr'aperçut dans la mêlée l'enfant renifleur, chercha Ene'a, mais ne la vit pas.

L'attroupement s'écarta pour laisser passer d'autres chasseurs, dont Tohki et Nocnaoh, chacun tirant par une cheville un homme nu qui se débattait sous les coups de bâtons et de pied. Ils le firent rouler jusqu'au pieu voisin de celui d'Ahorn, le redressèrent violemment contre le bois, lui lièrent les mains derrière le dos et l'attachèrent au piquet. L'homme *nokh* ne criait plus. La tête tombant sur la poitrine, un gémissement rauque et continu s'échappait de sa bouche. Ils lui avaient arraché les peaux qui le vêtaient et les *kaâ-nik-oer* qui protégeaient ses pieds, et il ne portait plus que la lanière qui avait retenu son pagne ; ses membres étaient couverts de griffures et d'entailles, son dos écorché attestait qu'ils l'avaient traîné sans ménagement de bien plus loin que les huttes. De sa chevelure brûlée et arrachée, il ne restait que des mèches. Des plaies noircies boursouflaient son crâne.

Les cris et les exclamations retombèrent autour de Tohki qui se planta devant Ahorn, leva son bâton, posa la pointe d'os au creux de son cou, appuya, le forçant à se redresser contre le piquet.

– Ahorn pas seul, dit-il. Sa bouche a des paroles qui brûlent. Il est venu comme un autre avant lui, déjà.

Ahorn serra les dents et ferma les yeux. La pression de la pointe du bâton sur son cou le força à les rouvrir.

Tohki désigna le *nokh*, d'un mouvement de la tête :

– Les Ohisihan ont attrapé celui-là, dit-il. Un autre a couru, mais les Ohisihan l'attraperont, s'il revient.

– Ahorn jamais vu celui-là, dit Ahorn avec un mouvement de tête pour désigner l'homme *nokh* effondré au bout de ses liens.

Agohan fit un pas en avant et frappa la joue d'Ahorn du talon de son épieu, tranquillement, sèchement. La douleur lui traversa tout le crâne. Tohki écarta Agohan, et appuya un peu plus la pointe de son bâton.

– Ahorn est un chasseur fort, dit-il doucement. Et celui-là un homme *nokha*. Les Ohisihan ne craignent ni Ahorn ni le *nokha* et ils ne craignent pas non plus le chasseur qui était avec eux et qui s'est enfui. Ils ne craignent pas d'autres chasseurs.

Pour bien montrer que ses paroles n'étaient pas légères, il adressa un signe de tête à Agohan. Celui-ci se tourna vers l'homme *nokh*, le saisit par une mèche et lui cogna le crâne contre le pieu.

– Ce *nokha* a peur des mauvaises forces qui tournent autour de lui, dit Tohki. Pourquoi ?

Il n'attendit pas de réponse – il n'en avait que faire. De deux doigts en crochet il saisit l'os qui traversait la cloison nasale de l'homme *nokh*, fourra deux autres doigts dans la bouche, par le coin des lèvres, assura la prise derrière l'os et la ligature, et tira violemment. Entraîné en avant, l'homme *nokh* hurla, glissa à terre et resta couché sur le côté dans le silence brutal de son cri interrompu. Le sang bouillonnait de son nez et de ses lèvres arrachés.

Le Ohisihan revint se planter devant Ahorn et brandit ce qu'il tenait entre deux doigts : la grande épine taillée et l'os creux que reliait la fine lanière de tendon aux nœuds serrés sur des lambeaux de chair. Il les agita un instant puis les jeta loin de lui. Il approcha son visage de celui d'Ahorn. La pluie ruisselait sur son visage, et les lueurs vacillantes des torches accentuaient ses traits.

– Celui-là, gronda-t-il, n'est plus un homme. La force invisible d'Okough est dans la force des Ohisihan. Ahorn a dit des paroles légères comme la fumée qui cache la flamme.

– Cet homme n'est plus un homme ! cria une voix.

L'affirmation menaçante fut reprise par d'autres.

Ils entourèrent l'homme *nokh*, lui écartèrent les jambes, le soulevèrent et approchèrent la flamme d'un brandon entre ses fesses, sous les parties molles de son sexe dont les poils s'enflammèrent. L'homme *nokh* hurla, arraché au sommeil noir que l'horrible douleur précédente avait fait tomber sur lui ; ses yeux se révulsèrent et sa bouche déchirée vomit du sang, des cris et une matière nauséabonde.

Les autres s'étaient précipités en criant sur Ahorn. Ils agrippèrent les peaux de ses capes, en déchirèrent une et la lui arrachèrent. Ahorn se raidit, se haussa, les pieds plantés dans la boue jusqu'aux chevilles, tirant sur les liens qui coupaient ses poignets.

– Celui-là est un homme fort avec la force d'Okough ? lança un des chasseurs.

– Qu'il montre la force invisible d'Okough ! cria Agohan en agitant ses épieux.

Il prit une torche des mains d'une femme, la dirigea vers l'entrejambe d'Ahorn. Arc-bouté au piquet, celui-ci lança un pied en avant, avec un cri d'affolement rageur ; une douleur aiguë lui déchira la hanche. Un deuxième coup de pied faucha la torche des doigts d'Agohan et percuta le capuchon d'herbes tressées d'Ooht avant de se planter dans la boue. Un revers d'épieu s'abattit sur l'épaule d'Ahorn et le fit retomber en avant. Le brouhaha enfla, s'ajoutant au grondement du ruisseau qui semblait couler au centre de sa tête. Il sentait qu'on le tirait d'un côté et de l'autre. Quand les bourdonnements s'apaisèrent il vit que Tohki et Nocnaoh avaient repoussé Agohan et l'empêchaient de s'approcher. Puis Tohki l'empoigna par les cheveux, lui releva la tête et dit :

– Les Ohisihan ont avec eux la force d'Okough. Pas cet homme-là ! Pas Ahorn qui dit des paroles de fumée ! Okough n'entend pas les paroles de fumée !

– Ahorn veut Ene'a ! cria Ahorn de toutes ses forces.

Il entendit son cri monter, claquer dans sa tête, résonner de plus en plus fort. Il vit se crisper le visage de Tohki, et celui des autres se figer comme des masques de pluie solidifiée, balafrés par les lueurs crachotantes des deux dernières torches encore allumées.

– Ahorn veut cette femme, Mah-Ohisihan ! s'entendit-il hurler encore.

La main du chasseur ohisihan lâcha ses cheveux.

Les Ohisihan restèrent immobiles, les bras le long du corps, tout le temps qu'Ahorn parla. Sans broncher, ils l'écoutèrent dire pourquoi et comment il avait marché jusqu'aux huttes ohisihan, pour prendre cette femme-là. Il dit qu'il ne voulait rien d'autre, qu'il ne voulait lancer sa force contre aucun des Ohisihan. Il dit qu'Okough avait mis sa force invisible en lui pour cela, et qu'Okgha le Rêve qui est la parole d'Okough l'avait désigné.

Il dit qu'il ne savait rien du *nokh*, rien d'un autre homme, que les chasseurs ohisihan disaient avoir vu s'enfuir avec lui.

Il dit que ses paroles n'étaient pas la fumée cachant les flammes, mais les flammes elles-mêmes, et qu'elles brûleraient le ventre des Ohisihan qui ne voudraient ni les voir ni les entendre.

Pendant qu'il parlait, la pluie avait redoublé, éteignant une des torches.

Tohki recula. Les Ohisihan se groupèrent, grommelant dans le crépitement assourdi de la pluie. Leurs gestes se firent hésitants, ils échangeaient des paroles fuyantes, lançaient des coups d'œil furtifs vers Ahorn. Puis ils s'éloignèrent.

Ahorn ne remarqua pas vraiment le moment précis

de leur dispersion. Quand il s'en aperçut, la plupart se dirigeaient vers les huttes, d'autres avaient déjà gagné la cabane derrière le hallier. Il sentait un vide étrange l'emplir, à la fois grésillant de chaleur et crissant de froid, et une douleur qui montait du bout de ses pieds à l'extrémité de ses cheveux. La colère ne l'avait pas quitté, ou si elle avait été étouffée un moment, elle reprenait souffle, elle grandissait, elle était la force d'Okough qui battait en lui, la force qui avait parlé par sa bouche et repoussé les Ohisihan.

Peu après, il vit des Ohisihan quitter la cabane et emporter un corps, sans doute celui de la femme qu'il avait transpercée de son bâton. La nuit et la pluie se refermèrent sur lui, sur sa colère et les brûlures des coups.

Il tourna la tête vers l'homme *nokh* au regard immense dans son visage noirci et éclaté.

– Qui est cet homme avec le *nokh* ? gronda-t-il.

Le *nokh* cracha une bouillie de paroles incompréhensibles, avec une colère au moins aussi grande que celle qui battait dans la poitrine d'Ahorn.

– Ahorn n'entend pas !

L'autre gémit de douleur, se tordit en essayant de se redresser contre le piquet. Il articula péniblement des paroles rageuses et Ahorn comprit que les chasseurs ohisihan avaient repéré un autre homme et l'avaient suivi jusqu'au *nokh*. Cet autre homme s'était enfui dans la forêt où les Ohisihan lancés sur ses traces ne l'avaient pas rattrapé.

Puis le *nokh* appela sur Ahorn le regard *okough* de la nuit qui ronge le ventre, crève les yeux et dessèche la langue.

Ahorn cracha, ferma les yeux et il appela la force et la voix d'Okgha le Rêve.

Il avait été désigné comme le plus fort des Anâanni et désigné parmi eux pour devenir Ohihani ; pour devenir Ohihani, il avait marché jusqu'aux huttes des Ohisihan chasseurs de femmes, mais la femme qu'il voulait n'avait pas été prise, comme il le croyait, par Han-Ohisihan : elle l'avait suivi de son plein gré ; Han-Ohisihan à qui il devait la reprendre, qu'il devait vaincre pour délivrer les Ohihani du mauvais regard d'Okough, avait été tué par les Ohihani qui avaient essayé une fois déjà de reprendre cette femme...

Que savaient vraiment Varakh et Arusi qui ne lui avaient rien dit de cette mort ? Et s'ils savaient quelque chose, pourquoi alors l'avoir envoyé vers les Ohisihan en lui demandant de tuer un homme déjà retourné à la terre ?

Et Ene'a était maintenant Mah-Ohisihan. Un enfant, nourri en elle par Han-Ohisihan, était venu de son ventre alors que Han-Ohisihan était déjà retourné à la terre...

Si les Ohisihan qui avaient livré l'homme *nokh* à Okough en lui arrachant la bouche ne l'avaient pas tué, lui, Ahorn, impressionnés par les paroles fortes qu'il avait lancées dans la nuit, ce n'était que pour mieux se préparer à le faire en attendant le jour. Et s'ils ne le tuaient pas, s'ils se contentaient de lui couper la langue et les lèvres pour que les mauvaises forces *okough* entrent plus facilement en lui, s'ils ne faisaient que brûler le bas de son ventre avant de le chasser, où marcherait-il, une fois que son nom se serait enfui, lui qui ne serait plus un homme ? Lui qui n'avait pas su faire ce qu'attendaient les Ohihani pour être des leurs, après avoir été échangé par les Anâanni pour devenir un Ohihani...

Où irait-il ?

10

Ahorn essayait de rassembler les images qui se pressaient en désordre derrière ses yeux, mais elles se dérobaient. C'étaient des images aux dents longues, plus fortes que les morsures de la douleur.

Et il était, dans cette confusion, comme un *oragh* enlisé dans un marécage. L'œil de colère d'Okough l'Invisible ne regardait donc pas les Ohihani à cause de ce qu'avaient dit Varakh, Arusi aux oreilles longues et l'homme *nokh*. Ce n'était pas parce que deux femmes leur avaient été prises, l'une retrouvée sans souffle au bord de la rivière et l'autre emmenée par les Ohisihan chasseurs de femmes ; ce n'était pas non plus parce que les Ohihani partis à sa recherche et incapables de la ramener avaient laissé un des leurs sans souffle sous les coups de Han-Ohisihan, l'homme qui savait parler avec les gens invisibles.

Ce n'était pas cela, pas ces images-là que les paroles de Varakh, d'Arusi aux longues oreilles et de l'homme *nokh* lui avaient mises derrière les yeux.

L'œil d'Okough regardait sans doute les Ohihani alors que déjà le souffle de beaucoup d'entre eux avait été pris et qu'ils étaient trop peu nombreux pour les femmes, bien avant la venue des chasseurs ohisihan dans leurs huttes. Mais sa colère s'était allumée quand les Ohihani avaient laissé partir Ene'a qui avait choisi de suivre ceux qui n'étaient pas des chasseurs de femmes.

L'œil de colère regardait les Ohihani parce que l'un d'entre eux avait pris le souffle de Han-Ohisihan, qui était aussi une partie du souffle d'Okough. Et Ene'a était aussi une partie du souffle d'Okough, l'enfant dans son ventre était aussi une partie du souffle de Han-Ohisihan, et cet enfant était venu alors que le souffle de Han-Ohisihan était retourné à la terre.

Cette femme et cet enfant étaient aussi le souffle de Han-Ohisihan retourné à la terre.

Et Ahorn, qui avait cessé d'être un Anâanni, avait marché jusqu'aux huttes des Ohihani, puis jusqu'aux huttes des Ohisihan pour reprendre une femme qu'il voulait pour lui depuis le jour où il l'avait vue sur le bord de la grande eau tranquille... une femme devenue maintenant *cette femme-là*...

D'autres images... encore.

Car ce n'était pas le *nokh* à ses côtés sous la pluie battante qui avait pris le souffle de Han-Ohisihan : c'était, comme l'avait dit Ene'a, celui des Ohihani qui l'avait entraîné dans sa chute. Pourtant, ce *nokh* n'avait cessé de vouloir reprendre la femme avant d'être *nokh* ; c'était déjà lui qui avait dit un jour à Ahorn le nom d'Ene'a, ajoutant, comme pour le défier, qu'elle était ohihani et avait choisi un chasseur ohihani.

Cet homme, qui n'était même plus un homme, qui voulait pour lui cette femme-là aussi fortement que la voulait Ahorn, l'avait vu arriver parmi les Ohihani pour la reprendre...

Et d'autres images venaient : ainsi, les paroles de Hucsha, qui disait avoir vu un homme *nokh* accompagner les femmes ohihani le jour de leur rencontre avec les femmes anâanni ; c'était comme si cet homme *nokh* était venu choisir Ahorn, car il le savait attiré par la femme et ne refuserait pas d'aller la reprendre et car il savait que seul un homme fort du souffle d'Okough pourrait le faire... ou bien...

Encore...

D'autres images étaient prêtes à jaillir et à l'éblouir, mais encore inextricablement embrouillées...

Ahorn secoua la tête, comme pour éclaircir le chaos. Un coup d'œil de côté ne lui apprit rien de nouveau : l'homme *nokh* était toujours dans la même position, mi-écartelé, mi-adossé, les épaules de travers et la tête appuyée au piquet, avec ce trou béant dans son visage frappé par la pluie, sous les yeux grands ouverts...

La confusion provoquée par les événements qui s'étaient brutalement succédé, ajoutée aux crépitements de la pluie et au bruit du ruisseau, l'avait étourdi un temps. Petit à petit, la force lui revenait, éteignant la brûlure sous son pied, celle des griffures des branches sur ses jambes, la douleur des coups sur son torse, son dos, son visage et ses épaules, les élancements dans les muscles froissés de ses bras et de sa hanche. Il bougea. Poussant sur ses talons, il s'arc-bouta au pieu pour l'ébranler. En vain. Il essaya de détendre les liens qui serraient ses poignets, mais ne réussit qu'à chauffer davantage la morsure dans ses chairs... Accroupi, le corps noué, il se redressa progressivement le long du piquet, et, quand il fut debout, secoua encore, poussa, tira... mais le piquet branla à peine.

Il attendit que s'apaise son souffle.

Du coin de l'œil, il vit l'homme *nokh* remuer à son tour, tenter lui aussi de se redresser. Il retomba dans une position tordue.

La pluie hachait la nuit et enfermait les huttes dans une gangue liquide. De loin en loin, une odeur de fumée rabattue par une gifle de vent parvenait aux narines d'Ahorn.

Après avoir attendu un moment, il se laissa de nouveau glisser à terre, le dos s'écorchant au piquet. Assis, ses mains liées touchant le sol, il entreprit alors de creuser la terre gorgée d'eau au pied du piquet. Il ne pouvait s'empêcher de se demander à quoi servait cette construction de branches en cours de tressage sur la berge et dans l'eau... et tandis qu'il creusait, que ses poignets meurtris le brûlaient, que ses doigts écorchés s'engourdissaient, il cherchait une réponse acceptable... Il en trouva plusieurs, mais aucune satisfaisante.

Glissant sur les fesses, il tournait en creusant autour du piquet.

À un moment, il s'aperçut qu'il n'était plus assis sur la terre boueuse, mais dans l'eau. C'est alors que les bouillonnements du ruisseau lui parurent gronder plus fort. Était-ce la pluie tombée qui faisait monter le niveau sur la berge ?

Et graduellement la pluie se changea en lourds flocons épais.

Ahorn ferma les yeux, une épaule appuyée au

piquet noueux. Il sentait la douceur des flocons sur son visage, leur caresse fugace effacée par le ruissellement des gouttes.

Quand il rouvrit les paupières, l'enfant se tenait à quelques pas, comme une entaille claire dans le pan sombre de la nuit. Son visage faisait une tache pâlichonne dans le creux du capuchon formé par la peau de chèvre qu'il maintenait sur sa tête en la serrant d'une main sous son cou.

Il regardait Ahorn.

À en juger par la peau de chèvre détrempée, il était sous la pluie depuis longtemps, quelque part dans le hallier entre la berge et la cabane des *nokha.* Il ne bougeait pas mais reniflait vigoureusement.

Alors, Ahorn se racla la gorge et dit :

– Viens.

L'homme *nokh* gémit puis couina étrangement. Ahorn tourna la tête et lui jeta un coup d'œil ; il perçut les paroles qui tombaient de sa bouche arrachée :

– Pas... celui-là.

Il reporta son attention sur le renifleur.

– Viens. Coupe.

L'enfant fit deux pas vers lui et s'arrêta. Il s'accroupit, saisit sur le sol une des capes que les Ohisihan avaient prises à Ahorn et la tira vers lui.

– Pour celui-là, dit Ahorn. Ces peaux, pour celui-là. Ahorn donne à celui-là... Ahorn a donné la pierre qui tranche. La pierre. Viens. Coupe avec la pierre.

Il ne pouvait voir si l'enfant tenait toujours la pierre, dans la main qui serrait la peau de chèvre autour de son cou, ou dans celle qui avait saisit la cape.

L'homme *nokh* bredouilla des paroles. Ahorn lui adressa un grognement excédé pour le faire taire.

– Viens. Coupe. Avec la pierre.

L'enfant ne bougeait pas. Puis il tira sur la cape alourdie de boue et de pluie, trop pesante pour lui. Il renonça.

Il y avait maintenant autant de neige que de pluie dans l'averse. Le froid insensibilisait les pieds et les mains d'Ahorn.

L'enfant recommença de tirer sur la cape, d'une main, cherchant maladroitement à la plier contre lui.

– Pas bouger, dit Ahorn. Attendre ! Pas bouger.

Il se pencha en avant, tirant sur ses bras tendus, sur ses poignets attachés au piquet. Les pieds de part et d'autre du bois, il commença de s'élever, un pied après l'autre, jambes pliées. Il soufflait fort.

L'enfant ouvrait grand les yeux.

– Pas... boug...ouger, coassa Ahorn. Regarde.

Il eut un sursaut de tout le torse, cuisses et mollets raidis, plante des pieds contre le pieu, lança vers le haut ses poignets entravés, qui se décollèrent du piquet le temps de la secousse. Le choc se répercuta dans ses bras, ses épaules et son ventre. Il gronda de douleur, demeura un instant les membres tremblants.

De nouveau il glissa un pied, puis l'autre.

Une brûlure déchira sa poitrine, comme si les os de ses épaules se déboîtaient un peu plus à chaque mouvement... Le souffle bloqué, il lança une nouvelle fois ses poignets vers le haut, de nouveau une onde de douleur lui cingla le creux du ventre.

Il ferma les yeux. Encore une fois, puis une autre encore. Il poussa des pieds, tirant plus fort sur son corps basculé en avant, grimpant à reculons contre le pieu dans cette étrange position agenouillée et suspendue. Puis encore il lança vers le haut ses poignets disloqués, jusqu'à ce que le piquet, enfin, s'incline légèrement sous son poids vers l'avant.

Il rouvrit les yeux et vit qu'il avait presque atteint le haut du piquet. L'enfant renifleur levait ses yeux ronds vers lui, la bouche ouverte ; la peau de chèvre avait glissé sans qu'il pense à la remonter sur ses épaules. Ahorn rassembla ses forces, prit son souffle et gronda dans un dernier effort :

– Regarde !

Cette fois-ci ses poignets passèrent au ras du piquet. Il plongea en avant, tenta de se redresser d'un violent coup de reins et toucha le sol de la hanche, de l'épaule et du pied, dans une grande éclaboussure de boue. Le choc lui vida le ventre. Il resta étourdi, secoué jusqu'au fond du crâne, suffoqué par les battements désordonnés qui martelaient sa poitrine.

Il se mit lentement à genoux, cherchant appui dans la nuit tournoyante. L'enfant n'avait pas bougé, pas même frémi quand Ahorn s'était abattu à moins de trois pas de lui, mais il recula quand l'homme esquissa un mouvement dans sa direction.

– Coupe avec la pierre, dit Ahorn.

Il se tourna pour lui tendre ses poignets entravés. Du sang chaud et poisseux coulait dans ses mains, la douleur se propageait à nouveau dans ses chairs engourdies par les chocs répétés contre le piquet.

– Coupe avec la pierre. Coupe.

L'enfant, un temps fasciné par la prouesse d'Ahorn, avait retrouvé son expression habituelle, vide. Ahorn avança vers lui, à genoux : le renifleur recula en traînant la cape de peaux ; Ahorn y posa le genou. L'enfant recula encore, tira sur le vêtement, et comme il résistait, le lâcha.

– Prends, dit Ahorn. Ahorn donne.

Le visage de l'enfant changea, exprimant de nouveau l'ébahissement. Son regard glissa par-dessus l'épaule d'Ahorn qui tourna la tête pour voir ce qui provoquait une telle surprise.

Un homme émergeait du ruisseau, dressé sur la berge, masse sombre dégoulinante que les gros flocons semblaient ne pas atteindre, un bâton dans chaque main. Ahorn se tassa, prêt à tomber d'un côté ou de l'autre pour éviter les coups. L'homme avança, courbé, en quelques bonds.

– Hucsha, dit-il.

Ahorn le reconnut. Certaines images incompréhensibles et sombres plaquées derrière ses yeux s'éclairèrent. Contre son piquet, l'homme *nokh* remua, lança quelques borborygmes, mais ni Ahorn ni Hucsha ne lui prêtèrent attention.

Celui que les chasseurs ohisihan avaient repéré et suivi jusqu'à l'homme *nokh* était donc Hucsha. Hucsha, le Anâanni. Hucsha qui avait suivi Ahorn depuis la grande eau tranquille jusqu'ici. Pourquoi ?

Grognant de soulagement, Ahorn lui présenta ses poignets. Hucsha s'accroupit et tenta de desserrer les liens de peau avec la pointe d'un de ses bâtons. Mais c'étaient de simples bâtons taillés pour percer, non pour couper. Ahorn savait que la poche attachée à sa taille, qui contenait des lames de pierre, les petits bâtons et les fibres sèches pour le feu, lui avait été arrachée, à un moment, dans la mêlée.

– Celui-là ! dit-il en désignant l'enfant planté à quelques pas.

Hucsha, qui ne l'avait pas remarqué, émit un bruit de gorge étonné.

– Celui-là a une pierre pour couper, dit Ahorn.

Le renifleur bondit maladroitement en arrière et Hucsha d'un coup de bâton lui faucha les jambes. Le renifleur s'écroula dans un couinement de douleur. Ahorn, debout, fut sur lui en même temps que Hucsha, l'exhortant d'une voix rauque :

– Donne la pierre ! Donne ! Ahorn ne fait pas mal ! Donne !

Hucsha saisit l'enfant par les cheveux et le frappa du poing mais il ne put éviter la lame de pierre qui dessina un trait de sang sous son cou. Il tordit le petit poignet maigre, lui arracha la lame et, posant son pied sur le torse creux, il maintint l'enfant au sol tout en taillant les liens autant que les chairs d'Ahorn, tandis que son propre sang coulait, luisant, sur le devant de sa cape de peau trempée. Enfin, Ahorn put de nouveau écarter ses bras libérés, ramener ses mains devant lui ; le mouvement provoqua de violents déchirements dans ses épaules.

L'enfant, qui n'avait cessé de gigoter sous le pied de Hucsha, se dégagea tout en poussant un cri bizarre, aigu, qui se brisa net quand Hucsha l'empoigna par un bras, le souleva, le fit tourner au-dessus de sa tête et le lança de toute sa force. Le corps blême aux membres qui battaient l'averse vola dans la nuit, creva l'eau furieuse du ruisseau et disparut dans les remous du courant.

Sans attendre, Hucsha ramassa ses bâtons, fourra la lame de pierre dans la paume poisseuse d'Ahorn, lui donna un des bâtons et le poussa vers le creux de la berge d'où il était venu. Ahorn hésita. Le cri poussé par le renifleur n'avait apparemment provoqué aucun écho, ni du côté des huttes, ni du côté de la cabane des *nokha*.

L'homme *nokh* appela d'une voix forte qui menaçait de se changer en cri. Ahorn se glissa jusqu'à son piquet, trancha ses liens, et sans plus s'occuper de lui rejoignit Hucsha. Il le retint par le bras et désigna la cabane dans le sous-bois :

– Ahorn prend la femme, dit-il.

Il ne vit pas l'expression de Hucsha mais perçut son grommellement réprobateur.

Avant d'entrer sous le hallier, il jeta un coup d'œil par-dessus son épaule et constata que derrière Hucsha la maigre et longue silhouette bancale de l'homme *nokh* suivait.

Il repoussa la portière tressée et entra.

Elle était assise face à l'ouverture, sur la couche de la femme qu'il avait transpercée de son bâton. Il vit à son air stupéfait qu'elle ne s'attendait pas à cette irruption. Elle était simplement assise et serrait contre elle cet enfant étrange, venu de son ventre, endormi, enroulé dans une peau de chèvre.

Les braises du foyer au centre de la cabane avaient été rassemblées sous des morceaux de racines noueuses qui produisaient une flamme claire et très peu de fumée. La clarté, plus forte que la première fois, remplissait tout l'abri.

Elle ne bougea pas, ne fit pas un geste. Les marques livides soulignant ses traits s'estompèrent graduellement, ses yeux se plissèrent, brillant d'une rage grandissante.

Hucsha et Iru entrèrent derrière Ahorn.

De la stupéfaction et du dégoût passèrent dans les yeux d'Ene'a fascinée par ce visage déchiré et sanglant, puis son regard reprit son expression de fureur muette. Et c'était *lui* qu'elle regardait, ignorant Ahorn comme Hucsha dont la main ruisselante était plaquée sur son cou : *lui*, l'homme *nokh*.

– Iru, dit-elle dans un souffle.

L'homme *nokh* gémit en entendant son nom perdu. Sur le point de s'écrouler, la tête entre ses bras, il s'appuya des deux mains à l'armature de branchages de la cabane. De l'eau, de la salive et du mucus sanglants coulaient en longs filets des déchirures de son nez et de ses lèvres. Son corps nu tremblait de la tête aux pieds, le dos et les fesses à vif, jambes écartées sur la plaie vive noircie et les lambeaux de chairs brûlées de son sexe.

– Ahorn prend Ene'a, dit Ahorn.

Elle le regarda sans ciller.

Hucsha dit d'une voix pressée :

– Partir vite, maintenant. Pas bon, ici.

– Cette femme vient, dit Ahorn.

Hucsha gronda :

– Pourquoi ? Beaucoup de femmes viennent avec Ahorn. Celle-là ne veut pas. Partir, vite ! Ici, ce n'est pas bon.

– Cette femme vient.

– Elle ne veut pas. Elle reste ici avec cet homme *nokh* qui ne marche plus. Partir de cet endroit pas bon, Ahorn !

– Cette femme vient, dit Ahorn.

En même temps qu'Iru au nom perdu, il avança vers elle, chacun d'un côté du feu.

L'homme *nokh* qui n'était même plus un homme

se baissa, ramassa des peaux sur le sol, les jeta en geignant sur son dos écorché et les noua à sa taille.

Quand Ahorn fut à une portée de main, Ene'a sortit de sous la peau de chèvre, en un geste coulé et sans heurt, la lame de pierre ligaturée au manche de corne de daguet. Elle dit :

– Mah-Ohisihan ne suit pas Ahorn. Mah-Ohisihan n'est plus Ene'a, elle n'est plus ohihani, elle ne retourne pas sous les huttes des Ohihani.

– Partir vite ! pressa Hucsha.

Un court instant, Ahorn resta figé, regardant le couteau de pierre dans la main de la femme assise. Puis il remarqua son bâton, qui avait transpercé l'autre femme ohisihan, brisé en plusieurs morceaux au pied de la cabane. L'enfant blotti dans la peau de chèvre contre Ene'a s'éveilla et bougea et son visage apparut : une pâleur de neige, des yeux rougeâtres cernés de plis sous des arcades sourcilières à peine marquées, sans poils, au bas d'un crâne difforme piqué de rares cheveux blancs.

Un frisson traversa Ahorn, le même qui l'avait révulsé quand il avait empoigné l'enfant pour le lancer vers sa mère.

Il abattit son bâton avec précision, toucha la main d'Ene'a et fit voler la lame. Elle n'eut pas un cri quand il lui arracha l'enfant et lança le paquet à Hucsha en criant :

– Prends celui-là !

Ahorn frappa Ene'a du talon du bâton et la toucha sous l'oreille. Elle s'effondra à quatre pattes, voulut se redresser et attraper une pierre au bord du foyer. Ahorn la frappa du plat du bâton dans le dos, puis, comme elle ne lâchait pas la pierre, il lui asséna un coup sur les épaules et un autre derrière la tête, dans sa chevelure épaisse. Elle tomba en avant. Il décrocha de la paroi une des peaux de lièvres, la plaqua sur la bouche ouverte d'Ene'a et en fit un bâillon qu'il noua sur sa nuque. Le sang qui avait coulé de ses poignets tailladés et poissait ses doigts l'obligea à serrer plus encore le nœud. Ene'a râlait, secouait la tête ; il relâcha la pression de ses genoux sur ses reins et ses fesses que dénudait le vêtement ample retroussé jusqu'au milieu du dos. Il la saisit par le bourrelet de sa robe, la tira en arrière et la mit debout. Elle le frappa au ventre du bout de ses doigts joints, mais trop faiblement pour provoquer autre chose qu'un bref râle de surprise.

– Ahorn ne veut pas frapper ! gronda-t-il.

Il lui rendit le coup, sèchement, du plat de la main, au creux de la poitrine, sur l'os entre les seins. Elle hoqueta sous le bâillon, ses yeux s'agrandirent puis se voilèrent, et elle se courba en avant. Ahorn la soutint, l'empêchant de tomber au sol, et il attendit que son souffle s'apaise.

De l'autre côté du foyer, l'homme *nokh* avait regardé la scène en vacillant sur ses pieds écartés. Sa silhouette rouge affublée maintenant des peaux hirsutes projetait une ombre plus difforme encore. Hucsha serrait contre sa poitrine ensanglantée le paquet de peau de chèvre d'où dépassait une tête ahurie et ballante.

– Ahorn ne frappe pas cette femme-là, dit Ahorn presque à l'oreille d'Ene'a. Ahorn l'emmène pour lui redonner son nom perdu : Ene'a.

Elle soufflait moins fort. Derrière la masse des

cheveux et au ras du bâillon qui lui cachait la bouche et le nez, ses yeux brûlants étaient remplis de larmes...

Il dit :

– Ene'a prend avec elle celui-là sorti de son ventre. Ou bien elle ne le prend pas.

Il savait que c'était la seule façon de l'emmener sans qu'elle cherche à fuir. Il savait qu'elle les suivrait s'ils prenaient l'enfant.

Elle acquiesça dans un grognement.

Ahorn la poussa devant lui sans brutalité mais fermement ; malgré les douleurs sourdes qui pesaient sur tout son corps, cette pression sur la chair souple au bas des reins de la femme, ce contact bref, provoqua un fourmillement sous la peau grenue de son sexe.

Ene'a prit l'enfant dans la peau de chèvre et le tint contre elle, sur sa poitrine, remonta la peau sur la tête blafarde. Les gémissements baissèrent d'un ton, se turent presque.

Hucsha sortit le premier de la cabane *nokha*, suivi d'Ene'a, d'Ahorn et d'Iru, cassé, courbé, affreusement déhanché, sur qui les autres ne se retournèrent pas pour vérifier s'il les suivait ou non.

Dans la nuit, l'averse, mi-neige mi-pluie, frappait toujours les huttes silencieuses. Une fois qu'ils eurent quitté la chaleur de la cabane, le froid de la pluie s'abattit plus rudement. Le fouillis de branches mortes et de bruyères mordait leurs pieds.

Hucsha savait exactement où aller. Plutôt que de s'enfoncer tout droit dans la forêt pour s'éloigner au plus vite des huttes et quitter leur enclave au bas de la falaise, il prit par les broussailles vers le ruisseau, qu'ils atteignirent en un instant, et entra dans le flot glacé. Ahorn poussa la femme devant lui.

Ils longèrent la berge, descendant le courant, de l'eau à mi-cuisses, parvinrent à hauteur des piquets et du tressage mystérieux, longèrent tout l'espace déboisé autour des huttes, passèrent devant l'endroit où Ahorn était descendu de la falaise. Ils marchaient dans le lit du ruisseau grossi qui effaçait toute trace de leurs pas et continuèrent ainsi, loin, en pleine forêt, bien plus loin que l'aplomb de la falaise. Puis, comme la berge devenait abrupte, rocheuse et lisse au-dessus du courant, il leur fut impossible de poursuivre. Alors ils reprirent pied sur le sol ferme.

Iru au nom perdu suivait toujours. Il suivait loin derrière eux, mais il suivait, sans se laisser distancer.

Pas plus que les autres, il ne remarqua dans l'embâcle de souches au milieu de la rivière la forme dont les bras s'agitaient sous les impacts de l'eau, comme deux racines pâles battues par les remous.

11

Comme une bête prudente pointant le museau avant de quitter son terrier, le jour nouveau sortit du ciel et de la terre. Un jour gris et épais, pareil à la fumée d'un feu d'herbe mouillée qui ne parvient pas à s'élever, souillé des lambeaux flétris que la nuit abandonnait derrière elle.

Ahorn grimpait, les yeux baissés sur la trace laissée dans les feuilles molles par Hucsha et Ene'a qui montaient devant lui.

Depuis le cœur de la nuit, depuis qu'ils avaient quitté le ruisseau pour s'enfoncer dans la forêt, il allait d'un pas régulier, crochant le sol spongieux d'un pied, puis de l'autre. Il grimpait.

Il avait repoussé au plus loin cet instant : il s'arrêta, la poitrine et la gorge en feu, les jambes tremblantes, vidées de toute force.

Il leva les yeux sur Hucsha et la femme, devant lui, à un petit jet de bâton. Il ne comprenait pas comment ils pouvaient encore aller à ce rythme, sans montrer de véritables signes de fatigue, Hucsha dont la blessure à la base du cou couvrait de sang tout le devant de la cape, Ene'a, Ene'a surtout, dont les épaules étaient étroites et la taille si petite qu'elle n'atteignait pas son menton à lui, Ahorn, Ene'a qui portait l'enfant dans son ballot de peau de chèvre, tantôt contre sa poitrine, tantôt sur son dos. Il ne comprenait pas qu'à aucun moment ni l'un ni l'autre n'aient manifesté le besoin de reprendre souffle et de reposer leurs jambes. Hucsha marchait en tête pendant un moment, puis elle passait devant et il la poussait, et c'était alors comme si elle guidait et menait cette fuite à laquelle elle était pourtant forcée...

Il fut tenté de les appeler, pour demander une pause, mais seuls les petits nuages de son souffle précipité sortirent de sa bouche ouverte. Il se força à respirer profondément, lentement, par les narines.

Il ne les perdrait pas, et ils ne le perdraient pas.

Il fallait escalader la montagne, la franchir, redescendre de l'autre côté, retraverser la forêt puis la succession de petites collines jusqu'à la rivière où se trouvaient, sur la rive opposée, les huttes des Ohihani. Il fallait marcher dans cette direction, au plus vite, mettre le plus possible de distance entre eux et les Ohisihan, avant que ceux-ci ne s'aperçoivent de l'enlèvement de la femme Han-Ohisihan *nokha* et de son enfant, et qu'ils ne se lancent à leur poursuite.

Car les chasseurs ohisihan des huttes sous la falaise les poursuivraient. Ils ne l'auraient probablement pas fait si Ahorn s'était échappé seul, ou avec Iru. Les Ohihani les auraient sans doute laissés fuir. Mais pas avec cette femme-là ni l'enfant que Han-Ohisihan tué par les Ohihani avait mis dans son ventre.

Dès la pointe du jour, peut-être même avant, les Ohisihan avaient dû s'apercevoir de l'évasion et de l'enlèvement et même de l'absence de l'enfant bizarre et sans parole que d'ordinaire ils regardaient pourtant à peine. Maintenant, ils devaient être en marche. Tohki à la cape de peaux de loups, Agohan, Nocnaoh... S'ils avaient perdu du temps à chercher les traces, ils avaient sûrement fini par les trouver, et même s'ils ne les avaient pas trouvées, quelle importance ? Ils connaissaient de toute façon la direction prise par les fuyards, et savaient qu'ils marchaient lentement à cause de la femme et de l'enfant et à cause aussi de celui qui n'était plus un homme. Les Ohisihan connaissaient les passages faciles dans cette montagne où ils chassaient...

Marcher, grimper, ne pas s'arrêter. Franchir la crête de la montagne... Ahorn pensait que s'ils parvenaient au sommet avant que les Ohisihan ne les rattrapent, ils pourraient peut-être ne pas avoir à affronter leur colère, ni à se battre contre leurs bâtons et leurs épieux.

Ne pas s'arrêter, marcher, passer la rivière au plus vite et se réfugier sur l'autre rive avant que, devenue trop grosse, elle ne soit infranchissable...

La pluie n'avait pas cessé. Un temps mêlée à la neige, elle était redevenue de la pluie, puis de la neige, qui tombait maintenant à gros flocons. Durant la nuit, le niveau du petit ruisseau avait monté...

Ahorn avait les jambes lourdes de tous les pas qui l'avaient conduit jusqu'ici. Quoique assourdie, la douleur pulsait toujours dans ses poignets meurtris et tailladés, dans les articulations de ses bras, de ses coudes et de ses épaules, dans les muscles de son torse. La brûlure et de nombreuses entailles, certaines très profondes d'autres plus légères, cuisaient la plante de ses pieds. Ahorn reprenait souffle, fixant son regard sur Hucsha et Ene'a – qu'il voulait voir toujours avec ce nom. Quand il se retourna, la pente de la forêt était vide.

Il attendit et quand il regarda de nouveau vers le haut, Hucsha et la femme avaient disparu.

Il attendit encore, piétinant sur place. Enfin, Iru apparut, sortant d'une ligne de buissons entre les troncs et s'aidant des deux morceaux de bois mort qu'il avait ramassés et plantait l'un après l'autre. Iru l'aperçut aussi à travers la giboulée et marqua une pause. Mais Ahorn reprit son ascension. Il crut entendre appeler celui qui n'était même plus un homme, mais ne se retourna pas.

La pluie était de nouveau toute blanche. Sur la trace de ceux qui marchaient devant Ahorn, marques sombres dans la fine pelure recouvrant le sol, les flocons épais s'étaient faits moins denses, plus légers et voletant comme des plumes, puis ils avaient cessé de tomber. Peu de temps après, Ahorn rejoignit Hucsha et Ene'a, dont l'allure avait faibli, et il poussa un grognement épuisé.

Ils s'arrêtèrent.

C'était encore Ene'a qui, des deux, paraissait la moins éprouvée. Elle marchait courbée en avant, soutenait de ses mains croisées dans le dos l'enfant enveloppé dans la peau de chèvre. Elle avait noué en travers de sa poitrine les pattes antérieures de la peau, passées sur une épaule et sous l'autre, et attaché les pattes postérieures autour de sa taille : de l'enfant logé dans cette poche on ne voyait dépasser que les pieds et le haut de la tête. Ahorn remarqua que le bâillon de peau de lièvre dont elle s'était débarrassé depuis longtemps était maintenant noué autour de la gorge de Hucsha.

Ici, les nuages touchaient la terre moins pentue. La forêt clairsemée faisait place à des bouquets épars d'arbres tordus à peine plus hauts que quelques hommes, tantôt défeuillés, tantôt hirsutes et couverts d'épines. Le vent rôdait, soulevant la fine neige tombée sur les herbes enchevêtrées et les buissons de baies noires. Le brouillard arrêtait la vue à quelques jets de bâton seulement.

Leur marche n'avait pas suivi le chemin pris par Ahorn à l'aller et ils n'avaient trouvé aucune des marques laissées par l'homme *nokh* sur les troncs. Pourtant Ahorn savait que bientôt ils atteindraient la terre plate du sommet, et Hucsha et Ene'a, qui étaient venus par ce chemin, le savaient aussi.

Les Ohisihan ne les avaient pas rejoints.

Hucsha était livide, ses yeux injectés de sang brillaient dans le creux profond des orbites, une salive écumante ourlait ses lèvres, poissait les poils clairsemés de son menton. Il échangea avec Ahorn un regard accablé, exhala un long soupir et s'accroupit, comme si, d'un seul coup, toute la fatigue de l'ascension et celle de la nuit écoulée et celle d'avant s'abattaient sur lui. Ses mains glissèrent le long de la hampe de son bâton fiché en terre. Ses pieds et ses jambes, bleuis par le froid et couverts d'écorchures, n'étaient plus protégés de peaux et de jambières, mais les lanières étaient encore enroulées autour de ses mollets. Hucsha se racla la gorge, cracha une salive grise et épaisse.

Ahorn reprenait son souffle, debout, appuyé sur

son bâton. Sa poitrine se soulevait et s'abaissait à un rythme rapide et le regard circonspect qu'il posait sur Hucsha n'était pas voilé seulement par la buée de ses expirations.

Pourquoi Hucsha se trouvait-il là ? Quelle raison l'avait poussé à le suivre et à lui venir en aide ? La méfiance et la suspicion pour ce qui se passait autour d'Ahorn ? Non. Son attitude ne pouvait s'expliquer que parce que Ahorn n'avait jamais ri avec les autres quand Hucsha disait ce qu'il avait vu par ses yeux trop grands.

Ene'a s'était accroupie à quelques pas et avait ramené contre sa poitrine le paquet qu'elle portait accroché dans son dos. Elle ouvrit son vêtement et donna le sein à l'enfant dont les geignements s'éteignirent aussitôt. Quand il se mit à téter, Ene'a leva les yeux, les posa tour à tour sur les deux hommes qui l'observaient, et son visage se crispa en une moue de défi tranquille :

– Ohisihan. Bientôt, dit-elle.

Deux mots qu'elle ne prit pas la peine de lier entre eux, deux mots comme des coups de baguette cinglant l'air.

Ni l'un ni l'autre ne répondirent. Ils se détournèrent, fouillant des yeux les environs de brume sur les soufflées neigeuses. Ils l'entendirent ricaner brièvement.

– Iru ne marche plus, dit Ahorn.

Hucsha grommela.

– Cet homme *nokh*, précisa Ahorn à voix basse, cet homme qui n'est plus *nokh* ni même un homme... son nom était Iru.

– Iru déjà *nokh* avant que les Ohihani le voient *nokh*, cracha Ene'a avec mépris.

Ils lui lancèrent un coup d'œil, le temps de voir son visage contracté de colère et ses yeux qui flambaient sous les paupières étrécies.

Ahorn dit :

– Hucsha reste ici, avec cette femme. Ahorn va chercher celui qui n'est plus un homme, ajoutant avec un hochement de tête : avant qu'il ne soit même plus celui qui n'est même plus un homme...

Son nom lancé à la fois par Ene'a et Hucsha l'atteignit en plein dos alors qu'il n'avait pas fait trois pas.

– Celui-là qu'on ne voit plus est tombé, maintenant, dit Hucsha. Qu'Ahorn le laisse. Il faut partir et vite descendre après cette montagne !

– Ahorn doit chercher dans la tête de cet homme ce qui est Iru et ce qui est *nokh*, dit Ahorn. Hucsha reste là, avec Ene'a, et ils attendent.

– Mah-Ohisihan ! cria Ene'a.

– Mah-Ohisihan, dit Ahorn.

Elle l'appela alors qu'il reprenait sa marche. Il lui accorda à peine un coup d'œil par-dessus son épaule. Elle cria :

– Cet homme qui n'est plus rien tuera Ahorn !

Il hâta le pas, emportant avec lui ces paroles étranges et essayant de comprendre ce qu'Ene'a avait voulu dire...

Il dévala lourdement la pente raide au bas de laquelle se trouvait l'homme *nokh*.

Contrairement à ce qu'avait cru Hucsha et ce qu'il redoutait lui-même, Iru n'était pas tombé. Il marchait toujours avec une terrible obstination, s'appuyant sur des bouts de branches, poussant de sourds grognements qui semblaient lui vider à chaque fois la poitrine. Il ne s'arrêta même pas quand il vit Ahorn dégringoler vers lui.

– Ahorn porte cet homme-là, dit Ahorn.

Iru ne dit rien, soufflant fort. Des boursouflures noires couvraient son crâne hérissé de rares mèches éparses, ce qui lui restait de nez et l'absence de lèvres découvraient des dents sanguinolentes. Les yeux étaient la seule partie intacte de son visage et ils brûlaient d'abomination. Mais il ne repoussa pas Ahorn, le laissa faire et lâcha ses bâtons.

Après qu'Iru se fut couché précautionneusement sur son dos, Ahorn l'empoigna par le dessous de ses cuisses écartées et se redressa d'un coup de reins. Dans la secousse qui le plaqua à son porteur, Iru hurla. Le cri emplit la forêt, s'éleva et roula avec le grognement de protestation d'Ahorn qui banda ses muscles et, tendu vers la pente qu'il fallait remonter, se remit en marche.

Les bras croisés d'Iru pressaient sa gorge, son souffle âpre et haché de gémissements lui emplissait les oreilles. D'une main, Ahorn le soutenait, de l'autre il s'appuyait sur son bâton qu'il plantait vigoureusement. Chaque heurt secouait celui qui n'était même plus un homme, mais suffisamment un homme encore pour que la douleur l'étripe et le mâche sans fin.

Au sommet de la pente, les jambes d'Ahorn tremblaient si fort que ses genoux s'entrechoquaient et il dut résister pour les empêcher de plier. Le fardeau sur son dos s'amollit, soudain plus lourd, et glissa... Mais le souffle était toujours dans la poitrine d'Iru.

Ahorn prit l'homme *nokh* et le jeta sur ses épaules comme il l'eût fait d'une bête abattue, sans plus se soucier de lui causer trop de souffrance et de lui arracher des cris, le tenant par une jambe et un bras.

Il allait tête basse, râlant à chaque expiration, les yeux fixés sur la trace dans la neige poudreuse. Il s'arrêta plusieurs fois, regardait sauter les étincelles colorées derrière ses paupières, puis il rouvrait les yeux dans la lumière de plus en plus grise et de plus en plus terne qui néanmoins l'éblouissait, et repartait. Il crut sentir à un moment remuer le corps inerte sur ses épaules, comme si la jambe libre et pendante se pliait et lui cognait les fesses. Ses pieds avaient cessé de le faire souffrir, ne saignaient plus, mais il avait des élancements douloureux dans les poignets et les articulations des épaules et de la hanche. Une salive gluante collait à ses lèvres et à sa barbe.

Des oiseaux qu'il ne vit pas, mais qu'il savait être noirs, se mirent à croasser quand ils passèrent dans les nuages de neige au-dessus de lui.

La lumière du jour, au sortir de la forêt, était plus basse que les arbres.

Puis il vit les traces laissées à l'endroit où il avait rebroussé chemin pour partir à la recherche d'Iru et où il avait dit à Hucsha de l'attendre avec Ene'a.

Il vit la forme allongée dans les bruyères que le vent agitait.

La force presque éteinte dans son ventre et ses muscles se raviva brusquement. Il courut. Le corps inerte de l'homme *nokh* tressautait et son bras et sa jambe ballants le frappaient par à-coups ; Ahorn fit basculer le corps sur le sol et tomba à genoux.

La poitrine nue et blême de Hucsha, couverte de

poils collés par le sang de sa blessure au cou et marquée au creux des côtes par un coup bleui, ne se soulevait plus. Du sang avait durci sur la grimace pétrifiée de son visage et tout autour de son crâne, et la neige poudrait ses yeux fixes grands ouverts. Le bandeau de peau avait disparu de son cou où l'entaille béait et découvrait la rondeur nacrée de l'os qui attache l'épaule au torse.

Ene'a lui avait dérobé sa cape de dessous, celle de petites fourrures, la plus sèche, ainsi que la poche attachée à sa taille, et son bâton. Les creux des plis de l'autre cape, abandonnée en tas froissé à quelques pas, étaient déjà remplis de neige soufflée.

Ahorn se redressa. La colère l'assaillit, bouillonnante. Il n'eut pas à chercher longtemps les traces, ni à les examiner dans le détail pour *voir* ce qui s'était passé. Ene'a avait laissé sur place la pierre souillée de sang noir avec laquelle elle avait frappé sûrement plusieurs fois et de toutes ses forces pour que le sang eût giclé aussi loin du crâne fracassé. Ses empreintes s'éloignaient à travers les herbes et les bruyères : elle n'avait pas continué vers le haut du sommet embrumé et l'autre flanc de la montagne mais elle était retournée vers la forêt en s'écartant du chemin pour ne pas croiser Ahorn.

Il hurla son nom, il hurla dans le brouillard et le vent qui pleurait :

– Ene'a ! Ahorn marche et *te* trouvera !

Les paroles filèrent, plongèrent dans le soir, traversèrent la tête d'Iru et le firent tressaillir. Il ouvrit des yeux hagards, la souffrance enflammant son corps tordu.

– Cet homme attend là, ordonna Ahorn. Ahorn va et revient.

Iru roula sur le flanc en écartant lentement les jambes. Soulevé sur ses mains pour regarder s'éloigner Ahorn, il ouvrit grande sa bouche aux lèvres déchirées ; la profonde goulée d'air aspirée provoqua une toux violente, et quand il put enfin crier, Ahorn avait disparu dans un tourbillon de neige soulevée du sol :

– Ahorn ne tue pas cette femme ! Tue celui sorti de son ventre, *avant qu'il revienne* !

Mais les paroles étaient trop déformées par la bouche meurtrie qui les avait jetées, et Ahorn trop éloigné, hors d'atteinte, trop étroitement embrassé par le vent, pour qu'elles lui parviennent.

Elle avait couru un moment.

Ahorn allait lui-même à grands pas sur la trace et il la voyait, dans les empreintes qu'elle avait laissées – il la *voyait*, avec l'enfant dans ses bras, sous la cape de peaux prise à Hucsha, il entendait le souffle rauque, les pas de plus en plus courts et la course changée en marche pesante. Elle ne suivait plus une ligne droite mais zigzaguait et hésitait, elle s'était arrêtée ici, elle avait ramassé la cape tombée de ses épaules, remonté dans ses bras l'enfant qui glissait, elle était partie là, dans cette direction puis, revenue sur ses pas, s'était dirigée vers les arbres dont elle apercevait les silhouettes floues dans la brume, et dès cet instant sans doute elle avait compris qu'elle ne pourrait fuir beaucoup plus loin, qu'il finirait de toute façon par la rattraper, et elle avait cherché le moyen de lui échapper malgré tout, de se tenir hors de sa portée jusqu'à ce que les Ohisihan, sur leur piste, les retrouvent...

Ahorn l'aperçut, dans le prolongement de la trace droite : perchée dans le premier enfourchement de l'arbre, comme un gros oiseau noir recroquevillé sous ses ailes.

Il s'accroupit pour reprendre son souffle, détendre ses muscles. Elle le voyait certainement comme il la voyait. Il perçut le gémissement fluet de l'enfant qui s'insinuait dans la brume entre les sautes du vent. Son souffle apaisé, il se remit en marche, sans hâte.

Elle se tenait là-haut, perchée au-dessus de lui à trois hauteurs d'homme debout.

Se souvenant qu'elle avait pris le bâton de Hucsha, Ahorn s'arrêta à une prudente distance de l'arbre, se demandant comment elle avait pu grimper le long du tronc sans branches jusqu'à ce perchoir, l'enfant dans son dos. Elle avait dû se hisser par une série de secousses en ceinturant le tronc avec le bandeau de peau. Il déblaya le sol de la petite couche de neige et s'accroupit, la cape rabattue. Il se massa longuement et lentement les pieds.

Il ne dit rien, ne l'appela pas. À peine donnait-il l'impression de glisser vers elle un vague regard, de temps à autre. Et elle, enfoncée dans le même silence, les jambes pendantes entortillées dans les *kaâ-nik-oer* des Ohisihan, avec le vent qui hérissait les poils de la cape de petites fourrures dont elle s'était recouverte et ceux de la peau de chèvre qui enveloppait l'enfant serré contre elle...

La situation n'était pas si mauvaise : perchée là-haut, elle ne pouvait pas lui fausser compagnie avec l'enfant sans qu'il s'en aperçoive. Elle avait pris la poche de Hucsha, qui contenait peut-être encore de la viande et les petites baguettes pour le feu... Mais que pouvait-on faire brûler sur cette terre détrempée ? Les yeux d'Ahorn se fermèrent. Le vent râleur qui tournait l'emporta.

Il fut arraché du sommeil par un bruit de frottement, près de lui, et sa main serra le bâton avant même qu'il ouvre les yeux : Ene'a était toujours dans l'arbre. La nuit sortirait de terre dans peu de temps. La clarté subsistait sur le sol enneigé, suintait des gris déferlements de nuages et de brume.

C'est alors qu'il vit Iru. L'homme *nokh* s'était traîné jusqu'à eux et se tenait là, prostré, respirant bruyamment, sa tête affaissée sur sa poitrine.

Après un long silence, Iru qui n'était même plus un homme dit :

– Tue celui sorti de son ventre. Tue celui-là.

Ahorn crut comprendre ces paroles.

– Pourquoi celui-là ? dit-il.

Le réponse d'Iru l'étonna à peine :

– Il est Han-Ohisihan qui revient. Ahorn est fort, dans la main d'Okough qui le soutient. C'est Ahorn qui doit tuer Han-Ohisihan pour les Ohihani.

– Ahorn doit ramener Ene'a.

– Et tuer Han Ohisihan, s'il le faut, pour délivrer les Ohihani des forces mauvaises des gens invisibles qu'il a lancées sur les Ohihani. Les paroles de Varakh le disaient.

Iru chuintait des sons déformés qui coulaient avec la salive sanguinolente de ses lèvres éclatées. Un grondement roula dans la gorge d'Ahorn, qui dit sèchement :

– Les paroles de Varakh disaient cela, mais Ene'a

n'a pas été emportée par des chasseurs de femmes, et Han-Ohisihan était déjà tué ! Comment tuer *encore* un homme tué ?

Iru ne répondit pas.

– Ahorn est retourné sur ses pas pour aider Iru qui n'est plus *nokh* et à peine un homme, dit Ahorn. Et c'est pour l'entendre.

Une quinte de toux secoua la maigre carcasse d'Iru. Il resta penché en avant, appuyé sur ses mains, respirant bruyamment. Ahorn reprit :

– Comment tuer encore un homme tué ? Et Ene'a n'a pas été emportée par des chasseurs de femmes...

Iru continua de râler sans répondre. Ahorn ajouta :

– Les paroles de Varakh et celles d'Arusi n'étaient pas les paroles d'Ene'a... les paroles de Varakh et Arusi aux longues oreilles n'étaient pas dans leur tête, pas dans leurs yeux.

– Elles n'y étaient pas, dit Iru.

Ahorn grogna, s'ébroua, frappa le sol du poing.

Iru bafouilla :

– Les Ohihani ne savent pas que Han-Ohisihan est reparti à la terre, et ils ne savent pas celui-là, qu'il a mis dans le ventre d'Ene'a et qui est Han-Ohisihan en marche pour revenir...

Il hoqueta, cracha, puis laissa couler les paroles à flots, comme s'il ne pouvait plus les contenir derrière ses lèvres qui ne se fermaient plus...

Il dit la mort de Han-Ohisihan, dissimulée aux oreilles des Ohihani, lorsque les chasseurs partis pour reprendre la femme enlevée étaient revenus bredouilles. Il était le seul parmi eux, dit-il, à avoir vu mourir Han-Ohisihan et le chasseur ohihani, et il avait gardé les images pour lui. Cela n'empêchait pas le mauvais regard d'Okough de peser sur les Ohihani pour les écarter de sa force et faire d'eux des chasseurs incapables, des hommes *nokh*. Iru était retourné seul du côté des huttes ohisihan ; il avait vu le ventre grossi d'Ene'a ; il avait vu l'enfant né... et n'avait pas davantage rapporté ces images. Pourquoi le faire ? Pour les Ohihani, Han-Ohisihan était toujours le souffle vivant d'Okough, cet enfant prendrait sa place et grandirait pour effacer sa mort et continuer de regarder les Ohihani avec le mauvais regard des forces invisibles. Alors, dit-il, il fallait reprendre la femme volée et tuer Han-Ohisihan pour le punir de ce vol et montrer aux forces invisibles que les Ohihani étaient encore des chasseurs sur qui l'œil agréable d'Okough pouvait se poser – il fallait tuer à jamais Han-Ohisihan ou celui qui était lui de nouveau. Un homme fort pouvait faire cela. Un homme fort pour qui cette femme n'était pas une femme comme les autres.

Il fallait un homme fort qui ne fût pas des huttes ohihani, qui ne fût pas marqué par le regard mauvais d'Okough, et sur qui le regard mauvais d'Okough n'eût pas de prise, *car il n'est pas bon pour tous ceux qui vivent sous les huttes d'un chasseur que ce chasseur tue un autre chasseur*. C'était ce que les Ohihani avaient fait : ils avaient tué un autre chasseur mais n'avaient pas repris la femme volée...

Iru dit cela, tout cela. Puis se tut, à bout de souffle.

La neige et la nuit tournoyaient maintenant dans le crâne d'Ahorn, le froid martelait sa poitrine. Il dit :

– Ahorn doit tuer Han-Ohisihan revenu dans l'enfant de cette femme ?

– Il faut. C'est pour cela qu'Ahorn a marché. Si

cet homme qui parle et qui n'est même plus un homme était encore homme *nokh*, il lui aurait dit ces mêmes paroles.

D'une voix tremblante à peine plus haut que le vent alentour, paupières closes, Ahorn demanda :

– Et que sera Ahorn, pour les Ohihani, quand il aura tué Han-Ohisihan avant qu'il ne revienne complètement ? Que sera Ahorn, s'il attire le regard mauvais d'Okough sur les huttes des Ohihani, puisqu'un chasseur ne peut pas tuer un autre chasseur ?

– Ahorn sera avec les Ohihani, *après* avoir fait ce qu'il doit faire pour écarter d'eux le regard mauvais d'Okough. Il doit faire cela *avant* d'être avec eux. Il sera avec eux *après*.

Iru toussa de nouveau, longtemps, s'arrachant la gorge et râlant, le souffle haché par des aspirations qui semblaient monter de son ventre. Il s'écroula en avant sur les coudes, sa tête cogna le sol et il tomba sur le flanc et poussa une lamentation gutturale en resserrant ses jambes.

Les lèvres tremblantes de dégoût et d'une colère glacée, Ahorn s'approcha de l'homme couché. Son bras armé du bâton esquissa un mouvement...

Le cri du loup monta des profondeurs de la nuit embrumée.

Puis un autre cri, plus loin, sur le flanc de la montagne, qui fit se dresser les poils sur le corps d'Ahorn et lui sécha la bouche.

Les cris résonnèrent plusieurs fois, planèrent dans la brume et s'y enlisèrent. Dans l'arbre, le rire bref d'Ene'a retentit alors, en réponse aux appels des loups.

Si c'étaient bien des loups.

12

Et si ce n'étaient pas des loups, alors c'était pire.

Ahorn marcha vers l'arbre. Dans son dos, les râles d'Iru s'interrompirent et se changèrent en cri :

– Tue !

Ahorn répondit par un geste excédé de la main qui tenait le bâton, fauchant l'air devant lui. Il s'immobilisa à quelques pas de l'arbre. Dans la nuit tombante, il ne distinguait de la femme et de l'enfant qu'une masse sombre et confuse dans l'enfourchement du tronc, la très vague pâleur d'une partie de son visage et le bâton coincé entre elle et le tronc, pointe vers le bas.

Après avoir répété l'injonction plusieurs fois, Iru se tut.

– Ene'a ! dit Ahorn.

Elle ne répondit pas.

– Ene'a !

Elle ne répondit pas.

– Mah-Ohisihan ! dit Ahorn.

Elle eut encore un bref rire de gorge, comme un hoquet.

– Descendre de l'arbre, maintenant, dit-il.

Il aurait pu avancer, puis la toucher sans peine de la pointe du bâton et la piquer aux jambes et au bas du corps jusqu'à ce qu'elle obtempère, sans redouter qu'elle se défende et le blesse avec le bâton pris à Hucsha. Il demeurait à distance.

– Elle attend, sur l'arbre, dit-elle. Elle attend les Ohisihan qui marchent vers elle. Ahorn n'a pas entendu ?

– Ahorn a entendu, dit Ahorn. Ene'a descend de l'arbre.

Elle rit encore. Puis elle posa le bâton plat en travers de ses genoux. D'une voix dure et grave, elle dit :

– Qu'Ahorn prenne le souffle cassé de celui qui n'est plus un homme ! Et qu'il reparte sous les huttes des Anâanni, ou vers d'autres huttes plus loin que ces montagnes. C'est ce qu'il doit faire.

– Mah-Ohisihan descend de l'arbre.

– Qu'Ahorn tue cet homme qui n'est même plus un homme, qui est comme une bête. Alors, Ahorn pourra attendre les Ohisihan, avec Mah-Ohisihan. Mah-Ohisihan parlera aux Ohisihan, ils l'écouteront. C'est Mah-Ohisihan et l'enfant qu'ils veulent. Ils l'écouteront et elle dira ce qu'a fait Ahorn pour elle, et il sera avec les Ohisihan.

– Ahorn sera avec cette femme ? dit Ahorn d'une voix presque enjouée.

Elle laissa un temps de silence. Puis elle répéta :

– Mah-Ohisihan parlera pour Ahorn aux Ohisihan.

– Il sera avec elle pour parler aux Ohisihan ?

– Mah-Ohisihan est avec Han-Ohisihan, dit-elle. Si Ahorn le veut, il sera avec les Ohisihan. Il y a beaucoup de femmes pour lui sous les huttes des

Ohisihan. Ou il marchera vers d'autres huttes. Il gardera son souffle et ne sera pas *nokh*.

Ahorn secoua la tête.

– Ahorn ne sera pas *nokh* et gardera son souffle, dit-il. Il est fort. Okgha le Rêve l'a désigné en parlant pour Okough. Il fait ce qui doit être fait, pour que le mauvais œil d'Okough ne regarde plus les Ohihani, et pour qu'Ene'a redevienne ohihani, comme elle l'était avant d'être emmenée. Comme cela doit être. Elle est devenue ohisihan d'une mauvaise façon, qui fait d'elle une *nokha*. Mah-Ohisihan descend, maintenant.

Il avança, et elle abaissa son bâton aussitôt. Il recula d'un pas.

– Ahorn ne fera pas mal, dit-il. Pas mal à Mah-Ohisihan. Qu'elle écoute ce qu'il dit. Ahorn veut Ene'a depuis que ses yeux l'ont vue, au bord de la grande eau tranquille des Anâanni. Ce jour-là n'est plus dans la tête d'Ene'a, derrière ses yeux ?

Il attendit sa réponse qui ne vint pas dans le silence noir.

– Cette femme sait, poursuivit-il. Ahorn a cherché, il a trouvé le nom de cette femme, il a fait ce qu'il a fait pour le nom de cette femme dans sa tête et derrière ses yeux. Okgha le Rêve a parlé à Ahorn et lui a dit de marcher derrière le nom de cette femme. Ahorn est ici et il parle comme il parle pour que le nom de cette femme lui revienne. Alors, Ahorn ne fera pas mal. Ahorn a attendu longtemps le nom de cette femme, pas pour lui faire mal.

Entre les bonds du vent, il y eut un long silence.

– Celui-là, non plus, ne veut pas *me* faire mal, dit-elle.

Et cette parole nouvelle, comme l'autre qu'elle avait employée pour se désigner, se comprenait mieux que si elle avait prononcé son nom. Elle dit, d'une voix vibrante de colère :

– Celui-là, comme Ahorn, ne veut pas faire mal à cette femme.

Il savait de qui elle parlait. Derrière lui, Iru s'était relevé à quatre pattes et il approchait en se traînant.

– Cette femme descend de l'arbre et elle attendra les Ohisihan, dit Ahorn.

Elle rit.

– Celui-là ne lui fera pas mal, dit Ahorn. Ce n'est plus un homme, ce n'est plus rien.

Il se tourna vers Iru et d'un mouvement rapide le saisit par la peau de chèvre nouée autour de son cou et le traîna vers l'arbre. Iru battit des bras, touchant à peine le sol du bout des pieds. Ahorn le précipita contre l'arbre. Iru hurla de douleur lorsque son dos écorché heurta le tronc. Ahorn le rattrapa par la peau de chèvre et le releva, le plaqua face au tronc, et gronda à l'adresse d'Ene'a :

– Pas de mal ! Cette femme descend de l'arbre, sur les épaules de celui-là. Elle n'a pas à le craindre. Ahorn le...

Mais Ene'a depuis l'enfourchement se pencha et avec son bâton piqua Iru debout contre le tronc de l'arbre. On entendit gémir l'enfant que le geste brusque avait sans doute meurtri. Si Iru n'était plus rien, même plus un homme, il inspirait encore de la peur, et s'il était une bête comme elle l'avait dit c'était une bête nourrie de méfiance et avec des réflexes de bête : il entrevit le bras armé au-dessus de lui et esquiva le coup en glissant de côté. La pointe frôla la paume de sa main, érafla l'intérieur de son bras et le piqua à l'oreille. Il referma vivement la main sur le bâton et le tira à lui.

La masse sombre bascula et tout se déroula si vite qu'Ahorn n'eut ni le temps ni même l'intention de lever son bâton ou d'écarter Iru.

Il vit la chute, le bâton dans les mains d'Iru, Ene'a qui semblait glisser contre le tronc et touchait le sol d'un pied avant de rebondir curieusement et de rouler à terre, tandis que l'enfant enveloppé dans la peau de chèvre roulait de l'autre côté. Il entendit des cris, ceux de la femme, d'Iru, de l'enfant, le sien aussi sans doute. Il vit Iru marcher en brandissant le bâton levé vers la femme et l'enfant. Alors seulement il frappa.

La violence du choc le surprit et le bâton lui échappa des mains. Il avait touché Iru qui s'affaissa et lâcha lui aussi son bâton.

Ene'a s'était relevée et avait eu le temps de reprendre son arme. Ahorn fit un pas dans sa direction et elle grogna, menaçante. Iru soufflait fort, sa poitrine sifflait, un râle grondeur lui raclait la gorge.

Ils demeurèrent ainsi un long moment, sous le vent qui courait dans l'obscurité, tournait autour d'eux comme un animal autour d'une proie. L'enfant était tout nu, frissonnant et pâle, la bouche ouverte sur un vide plus grand que la nuit et ses yeux écarquillés semblaient sur le point de jaillir de leurs orbites.

Lentement, doucement, Ahorn abaissa vers le sol son bâton pointé sur elle.

Alors une braise livide s'alluma dans le regard d'Ene'a, et, avec la même force, elle lança à la fois un cri et le bâton. Elle atteignit sa cible en plein ventre, sous les côtes. Le bâton vibra dans ses mains, et quand elle frappa pour la deuxième fois, avec une fureur égale, précise, l'arme traversa le corps de part en part. Crachant un flot noir, l'autre saisit à deux mains la hampe plantée dans son ventre, s'y accrocha, plié en deux, si bien qu'elle dut lâcher le bâton quand il recula avant de s'écrouler contre le tronc de l'arbre.

Elle détourna les yeux du corps maigre affaissé et regarda Ahorn. Celui-ci savait que la fureur ne brûlait plus dans son regard, caché par ses cheveux.

Il se tourna vers l'enfant.

Ene'a se précipita et s'agenouilla pour l'envelopper dans la peau de chèvre. Elle le rassura, le souleva, le serra entre ses bras, le berça, disant des petits sons doux et paisibles dans l'échancrure qui dévoilait à peine le haut de son visage. Un moment.

Ahorn la regardait faire. Quelque chose de lourd et creux à la fois grandissait dans sa poitrine et dans son ventre, quelque chose qui se trouvait en lui depuis l'instant d'affolement incontrôlable qui l'avait poussé à fuir le sourire qu'elle lui avait adressé ce jour-là, et qui s'était enraciné quand Iru lui avait révélé son nom... Il la regardait, au centre absolu de la nuit, du vent et du froid, de toutes les montagnes et de toutes les forêts. Il la regardait.

Elle se tut et se mit doucement debout. L'enfant s'était apaisé. Elle le tint serré contre elle un long moment.

Il alla reprendre le bâton que cette femme au murmure si doux avait planté par deux fois avec une violence inouie dans le ventre d'Iru et revint vers elle. Ene'a souffla, sans le regarder :

– Ahorn dit encore pas de mal ?

Il répondit par un grognement qui pouvait passer pour une approbation. Il demanda :

– Cet enfant-là a un nom ?

Elle leva les yeux sur lui, enfin.

– Han-Ohisihan, dit-elle.

Pointant le bâton retiré du ventre d'Iru, Ahorn désigna la montagne invisible écrasée par les nuages et la nuit en direction de la trace que les gifles incessantes du vent avaient maintenant effacée ; il dit :

– Marcher.

Et elle se mit en marche.

Il crut surprendre sur ses lèvres un sourire victorieux et irrité.

À leur approche, les loups qui rôdaient autour du cadavre de Hucsha s'éloignèrent de quelques pas, taches noires à l'échine creuse, et les regardèrent passer silencieusement et sans crainte. Ahorn adressa aux loups un rot sourd et bref. C'était lui qui souriait, cette fois : si Ene'a ne le vit pas, elle dut le deviner.

La nuit s'étirait longuement, n'en finissait pas de se lever avec une lenteur de grande bête paresseuse.

Ils avaient marché sans repos, s'arrêtant de loin en loin pour calmer leur souffle et fouiller du regard les alentours qui se dessinaient peu à peu dans les sombres nappes nuageuses. À un moment, elle s'était assise au creux de la souche d'un arbre déraciné pour donner le sein à l'enfant. Ahorn avait attendu sans la presser et elle s'était remise en marche d'elle-même.

Dans la matinée, ils se trouvaient à mi pente de la haute montagne, loin sous les nuages. Ils étaient arrivés là bien plus rapidement que ne le pensait Ahorn, en dépit de la fatigue, et au plus haut de la lumière ils marchaient sous le couvert sombre des sapins. Quand le jour redescendit ils avaient atteint les pentes arrondies des plus petites montagnes et des collines boisées qui se dressaient, avant les coteaux et les tertres, de ce côté-ci de la grande rivière.

C'était encore une ascension. Moins raide que celle de la veille mais plus éprouvante à cause de la fatigue accumulée. Ahorn trébuchait et se sentit bientôt incapable de faire un pas de plus. S'il s'était couché là, s'il avait fermé les paupières, le sommeil l'aurait emporté dans l'instant. Devant lui, la femme continuait de marcher portant son fardeau sur son dos. Il cria :

– Ene'a !

Elle ne l'entendit pas.

– Mah-Ohisihan !

Elle s'immobilisa, se tourna vers lui, le vit agenouillé sur le sol. Elle l'imita. Elle avait compris qu'ils ne repartiraient pas avant un moment et prit l'enfant sur sa poitrine.

– Mah-Ohisihan a avec elle les petits bois pour le feu, dit Ahorn.

Il désigna la poche de peau qu'elle avait prise à Hucsha.

Sans un mot, elle détacha la poche de la lanière autour de sa taille et la poussa devant lui d'un geste qui paraissait soudé à son corps. Elle avait le visage marqué, l'éclat de défi hargneux avait quitté ses yeux enfoncés dans la sombre profondeur des orbites, ses lèvres, pâles, semblaient moins épaisses et comme rentrées.

Ahorn prit la poche de peau, la fouilla. Il trouva

les petits bois à frotter et la poudre de fibres de champignon dans une peau légère, ainsi qu'une lanière racornie de viande séchée, quelques lames de pierre dont plusieurs pour la pointe du bâton, du sang de sapin gluant et durci dans des glands évidés, et des lacets de tendons élongés et séchés.

Un replat s'étalait entre les roches bleuâtres cernées par la broussaille sous les hauts sapins. Déjà presque vieux, le jour se pendait, sans une ombre, de branche en branche, comme s'il tombait du ciel à travers les cimes. La neige dansante et le vent les avaient accompagnés durant une partie de la nuit, puis une pluie froide et droite bientôt changée en brouillasse et en averses galopantes, puis à nouveau des flocons légers qui semblaient ne jamais toucher le sol. Maintenant, le ciel vide se reposait lui aussi, écoutant le vent rôder dans les lointains défilés de la montagne.

Ahorn trouva un espace dégagé et abrité, contre une des roches. Il ramassa des petites branches presque sèches sous un taillis étriqué, et les feuilles les moins humides dans les recoins protégés. Une mince fumée monta des fibres noircies dans la rainure de la baguette, mais le feu refusa de venir dans les feuilles effritées. Ahorn essaya longtemps, sous le regard muet d'Ene'a, puis il abandonna. Quand il rangea les baguettes dans la poche, il vit qu'elle dormait, depuis un moment peut-être, et que l'enfant, dont le visage émergeait de la peau de chèvre, l'observait de ses grands yeux sombres et attentifs.

Pour la première fois, Ahorn dévisagea l'enfant dont le regard s'enfonça lentement en lui comme une coulée de vase, l'emplissant de froid. Ces rares cheveux blancs sur le crâne trop gros, cette peau blême déjà ridée sous les yeux et autour de la bouche étroite édentée n'appartenaient pas à un visage d'enfant.

Un frisson parcourut Ahorn, propageant sous sa peau une terreur glaciale.

Il comprit que le nom porté par celui-là n'était pas le nom d'un autre homme, dont le souffle était revenu à la terre. Il comprit qu'il était cet homme, qu'il était Han-Ohisihan, revenu.

Cette vérité descendit sur Ahorn et l'écrasa.

Il détourna vivement les yeux, pour échapper au sourire triomphant monté au coin des lèvres minces du chasseur, à présent de retour.

S'il avait cru, comme Iru, pouvoir tuer l'enfant sans danger et sans courir le risque de tuer un homme et donc de faire ce qu'aucun chasseur ne peut faire au regard invisible d'Okough, s'il avait cru pouvoir tuer celui-là avant qu'il ne devienne un homme avec des paroles et des dents dans la bouche, il se trompait, et c'étaient là de mauvaises images derrière les yeux. Car celui-là, qui tétait encore une femme, était déjà un revenant, et s'il n'avait pas encore de dents c'est parce qu'elles étaient déjà tombées avant même d'avoir poussé, et ses cheveux étaient déjà blancs et rares avant d'avoir été noirs et abondants, sa peau déjà ridée et frippée avant d'avoir été ferme et tendue, ses chairs fanées avant d'avoir été tendres.

C'était cet homme, revenu pour reprendre ce qui lui avait été pris, qu'Ahorn ramenait sous les huttes des Ohihani. C'était un homme contre qui les Ohihani l'avaient envoyé lui, Ahorn, se battre et accomplir ce qu'ils n'avaient su faire au regard d'Okough : affronter Okough tout en ayant reçu la force de son regard. C'était cet homme qu'Ahorn ramenait avec lui, comme il eût envoyé un loup caché sous une peau de chevreuil dans une harde de chevrettes.

C'était *celui-là* qu'il devait combattre et vaincre, au-devant de qui il avait marché, *celui-là* venu du ventre d'Ene'a qu'il était allé chercher. Et il était trop tard : *celui-là* n'était plus simplement un enfant à peine sorti de la mort sous la terre où il eût été facile de le renvoyer sans que le regard d'Okough ne soit pris de colère.

Il frissonna encore. Ses doigts tremblaient. Il leva les yeux, rencontra le regard d'Ene'a rempli d'inquiétude et de fatigue.

– Pas de feu, dit-elle.

Il secoua la tête. Tira de la poche de peau la lanière de viande séchée, la coupa en deux et lui tendit un morceau. Elle accepta.

Ils mangèrent, face à face. Maintenant Ahorn évitait de regarder vers elle, pour ne pas être pris par les yeux de Han-Ohisihan revenu qu'elle tenait dans ses bras. Elle se mit à parler. Sans doute aurait-il dû fermer aussi ses oreilles aux paroles, qui étaient celles que Han-Ohisihan mettait dans la bouche d'Ene'a, mais il était trop tard. Il l'entendit demander :

– Que fera Ahorn quand les chasseurs ohisihan viendront ? Pas mal, encore ?

Il répondit :

– Ahorn a repris cette femme aux Ohisihan chasseurs de femmes. C'est pour cela qu'Okough l'a désigné par la voix d'Okgha le Rêve et lui a donné sa force. Les chasseurs ohisihan ne viendront pas. La voix était celle des *ar'akoû*, pas celle des Ohisihan. Où sont les Ohisihan qui courent plus vite qu'un homme qui n'est plus un homme et qu'une femme qui porte un enfant lourd et qu'un chasseur qui doit marcher à son pas ?

Et les autres paroles suivirent...

– Ils savent, dit-elle, où vont la femme avec l'enfant et le chasseur. Ils savent la montagne et les passages plus rapides dans la forêt. Et ils courent plus vite.

– Ils sont chasseurs de femmes, et c'est ce qu'Okough ne veut pas, Okough ne veut pas que les hommes prennent sa force pour chasser les femmes.

– C'est la parole d'Okgha le Rêve qu'Ahorn a entendue ?

– C'est cette parole. Ahorn l'a entendue. Les Anâanni le savent. Les Ohihani le savent. Les Ohisihan le savent aussi. Tous les gens qui marchent debout le savent.

– Han-Ohisihan n'a pas chassé Mah-Ohisihan, quand elle était ohihani, et avait un nom ohihani.

– Han-Ohisihan, et Tohki, et Nocnaoh, et Agohan, et deux autres encore, gronda Ahorn en fixant durement sur le sol devant eux le petit tas de feuilles et de branchettes qui n'avait pas voulu prendre feu. Ils sont venus dans les huttes ohihani et ils ont emporté deux femmes.

Ene'a gronda, la voix vibrante de colère :

– Celle qui avait ce nom ohihani, Ene'a, est partie avec ces chasseurs, avec Han-Ohisihan qui n'était pas un chasseur pareil aux autres. Elle l'a suivi quand il est parti avec les siens, et c'est parce qu'elle l'a suivi que ces chasseurs ne sont pas revenus parmi les Ohihani. Pour ne pas affronter Iru.

Et ces paroles tremblantes dans sa bouche étaient

sûrement celles de Han-Ohisihan, mais il était trop tard. Il les avait entendues et il entendit les suivantes :

– Iru voulait Ene'a, et Ene'a ne voulait pas Iru. Une fois, dans les jours de froid qui vinrent après la marche des Ohihani jusqu'aux huttes des Anâanni près de la grande eau tranquille, Iru a pris Ene'a avec sa force et elle ne voulait pas, et il est venu en elle avec sa force et elle ne voulait pas. Ene'a ne voulait pas Iru, mais les hommes des Ohihani étaient peu nombreux. Les Ohisihan des autres forêts froides cherchaient où construire leurs huttes et ils sont venus, et la rivière les a gardés sous les huttes des Ohihani. Ene'a a écouté les paroles de Han-Ohisihan, elle l'a regardé parler aux formes invisibles avec ses doigts, sur la terre et la pierre. Sa force était là, et non dans ses bras et dans son ventre pour prendre les femmes qui ne voulaient pas. Il a pris Ene'a parce que Ene'a l'a choisi.

Il ne voulait pas entendre mais il entendait :

– Ene'a est partie, et cette femme, Chotteh, a essayé de la retenir, parce que Chotteh voulait Iru et ne voulait pas de la colère d'Iru. Chotteh a frappé Ene'a pour qu'elle ne traverse pas la rivière avec les Ohisihan. Ene'a l'a repoussée, avec l'aide d'Okough, Chotteh est tombée et son souffle est sorti par sa tête cassée. Alors Ene'a a traversé la rivière avec Han-Ohisihan et les chasseurs, et Han-Ohisihan l'a prise avec lui, comme elle l'avait choisi. Ene'a riait avec Han-Ohisihan. Ene'a riait avec les Ohisihan dans leurs huttes. Et puis Iru avec d'autres Ohihani sont venus, et ils ont pris le souffle de Han-Ohisihan alors que le ventre d'Ene'a était déjà gros du signe d'Okough sur Han-Ohisihan.

– Le signe ? dit Ahorn, levant la tête en évitant de regarder l'enfant.

Le visage grave et marqué d'Ene'a était presque, après tant de jours passés, celui de la jeune femme agenouillée près du lac, dans le soleil chaud et brillant.

– Han-Ohisihan ne pouvait pas mettre d'enfant dans le ventre d'une femme, dit-elle. Depuis le premier signe, il ne pouvait pas : le ventre d'une femme ne grossissait pas ou bien grossissait mal.

– Le premier signe ?

– L'enfant venu du ventre de l'autre femme dans la cabane *nokha*. Cet enfant-là venu de Han-Ohisihan, et qui ne parlait pas, qui n'entendait pas, qui voyait juste un peu devant lui. Pour cet enfant-là, Han-Ohisihan parlait aux gens invisibles et il écoutait Okough. Ahorn a donné une pierre qui coupe à cet enfant, qui suivait Ahorn partout, et qui savait la raison de la présence d'Ahorn dans les huttes ohisihan.

Ahorn la regardait, bouche ouverte, le souffle court. Il avait tout entendu. Le froid remplissait son ventre et montait dans sa poitrine. Et il entendit encore :

– C'est Ahorn, le chasseur de femme.

Il secoua la tête, doucement d'abord, puis avec violence, pour en chasser les terribles paroles d'Ene'a et ses dernières surtout. Il se dressa, le corps pesant et douloureux. Il dit :

– Marcher !

Il la poussa du bâton.

– Ahorn n'entend pas, dit-il à voix basse, en secouant la tête. C'est avec Han-Ohisihan qu'il doit parler, et la voix d'Okough sera la plus forte dans la bouche d'Ahorn, et fermera la bouche de Han-Ohisihan !

Pâle, elle se leva et recula pour éviter les tapotements du bâton sur l'enfant et sur elle.

– Marcher ! cria-t-il.

Et elle marcha.

Lui, Ahorn, *chasseur de femme*, la tête bourdonnante de tempêtes, vide et brûlante, glacée, plus lourde que la montagne, derrière elle.

13

Il n'avait retrouvé aucun des signes marquant la route vers les Ohisihan.

Il n'avait pas reconnu le chemin suivi à l'aller, rien dans les détails du paysage qui lui eût rappelé son passage quelques jours auparavant – mais le premier trajet s'était effectué suivant une autre succession de jours et de nuits. Ce dont il était certain, c'est qu'il allait dans la bonne direction.

La nuit vint et engloutit la forêt. Ene'a devant lui, Ahorn marchait.

La nuit atteignit le milieu de son âge, et Ahorn allait les yeux fermés, il trébuchait et tombait souvent, réveillé en sursaut à quatre pattes dans les ronces et les broussailles qui l'avaient fait chuter, se redressait, repartait en grondant derrière la femme qu'il distinguait à peine devant lui et qui n'avait même pas remarqué sa défaillance. Puis Ene'a s'effondra à son tour. Il continua de marcher. Incapable de contrôler ses jambes, Ahorn planta ses bâtons dans le sol et prenant appui sur eux pour bloquer ses pas, il tomba près d'elle. Il perçut sa respiration forte et régulière, comprit qu'elle dormait, à plat ventre sous l'enfant qui s'agitait, réveillé par la chute de sa mère, dans la peau de chèvre sur son dos. L'instant suivant, Ahorn dormait lui aussi.

Okgha le Rêve vint le tirer d'un amas de ronces grosses comme le poing et lui dit de marcher, de marcher vite. Les Ohisihan en grand nombre, bien plus qu'il n'en avait vu dans leurs huttes, hommes, femmes et enfants qui avaient tous le visage du renifleur et de Han-Ohisihan revenu, le cernaient. Les ronces les empêchaient de passer, sauf les enfants qui pouvaient se glisser entre les épines. Il se leva et suivit les paroles d'Okgha le Rêve taillées dans les troncs noirs à la manière des signes laissés par l'homme *nokh*.

Ahorn s'éveilla transi sous la pluie froide de l'aube grise.

L'enfant gémissait faiblement, à demi sorti de la peau de chèvre, agrippé aux cheveux de la femme qu'il tiraillait sans force.

Les images se remirent en place derrière les yeux d'Ahorn, celles d'avant le sommeil brutal, celles du sommeil aussi, celles de maintenant devant ses yeux ouverts. Il regarda un instant l'enfant, Han-Ohisihan revenu, qui fourrageait dans la chevelure d'Ene'a ; il regarda sa tête grosse, ses gestes pour essuyer la pluie dans ses yeux, ses mains fluettes, ses bras étroits à la peau flottante et dont les coudes et les poignets ressemblaient aux nœuds des branches écorcées. L'enfant ne lui prêtait aucune attention.

Ahorn se leva. Ses mains glacées n'avaient pas lâché les bâtons pendant son sommeil. Ses premiers mouvements déraidirent son corps ankylosé, provoquant des élancements douloureux dans son torse, ses épaules et sa hanche. Son ventre grondait, ses poignets lacérés saignaient de nouveau.

Ene'a revint du sommeil. Elle donna le sein à l'enfant. Ahorn attendit, piétinant sur place ; il ne la regardait pas et elle ne le regardait pas. Quand l'enfant eut fini de boire à l'autre sein, elle le replaça dans son dos et se redressa sans un mot. Ils se remirent en marche.

Ils quittèrent la forêt dans le jour. La pluie avait cessé. La blanche et froide clarté du ciel se déversait sur les herbes couchées des plateaux et des tertres éblouissant leurs yeux au sortir des pénombres.

Ahorn la poussait devant lui, du bout de son bâton appuyé sur ses fesses. Elle ne protestait pas. Elle allait sans hâte, sans traîner non plus, et son allure pouvait laisser penser qu'elle était sûre de ne pas arriver là où il la conduisait, ou encore qu'elle n'éprouvait plus aucune crainte.

Chasseur de femme.

Mais Okgha le Rêve était venu dans le sommeil d'Ahorn pour le tirer des ronces et accrocher dans les arbres les paroles qui le guidaient.

Okgha le Rêve ne l'avait pas abandonné, après les paroles troublantes d'Ene'a et malgré le regard vainqueur de Han-Ohisihan revenu.

Conforté, rassuré, il reconnut le paysage qu'il avait traversé quand il marchait derrière Iru homme *nokh*, aperçut le val étroit et serré entre les rangées sombres des sapins, le remonta jusqu'à son évasement. Le marais dans la petite plaine herbeuse fut devant eux.

La trace dans les boues n'était plus visible, le niveau du marais s'était élevé, sa surface étalée.

Ene'a s'arrêta, elle hésita et résista quand il la poussa vers l'étendue inondée. Il la poussa plus fort.

– Marcher sur la terre dure en dessous de l'eau, dit-il.

Elle refusa, alors que jusqu'ici elle avait marché sans rechigner ni chercher à lui échapper.

– Mauvaise eau, dit-elle. Mauvaise terre molle dessous.

– Ahorn a marché là.

– Mauvaise terre ! dit-elle en esquivant d'un mouvement d'épaule la main qu'il tendait pour l'attraper.

Ahorn grogna. Plissant les paupières, il scruta les rives du marais qui offraient d'un côté comme de l'autre un passage plus sûr mais plus long aussi. Il se tourna vers elle, qui le regardait, vit son visage pâle, et recula instinctivement d'un pas. Il comprit en regardant la rive du marais du côté de la main qui lance, presque à l'autre bout, qu'elle venait de *les* apercevoir, au pied d'un bouquet d'arbres défeuillés qui débordait des broussailles grises. Un, et puis un, et puis un autre. Il reconnut immédiatement la stature de Tohki.

Les trois Ohisihan marchèrent sans se cacher davantage jusqu'au bord de l'eau qui réfléchissait crûment le ciel blême. Puis ils s'immobilisèrent et attendirent. L'un d'eux s'accroupit.

Ene'a aussi attendait. Le froid n'était pas la seule cause du tremblement accentué de tout son corps. Elle détourna les yeux. Son visage, bien qu'elle le cachât, criait les paroles qu'elle ne prononcerait pas, qu'elle avait déjà dites en affirmant que les chasseurs ohisihan savaient où Ahorn la conduisait.

– Ene'a marche dans l'eau, commanda-t-il.

Elle lui jeta un regard incrédule.

– Ene'a marche dans l'eau !

Il la poussa vers les hautes herbes raides et elle étouffa un cri en entrant dans la boue glacée. Il la suivit, la poussa de nouveau.

– Ahorn laisse marcher Mah-Ohisihan où elle veut, souffla-t-elle.

Pas plus menaçante que suppliante. Parce que c'était pour elle la seule chose qu'il pût faire.

– Marche dans l'eau, dit-il.

Elle soutint son regard sans ciller. Son visage exprimait tout à coup une sorte de peine désolée, comme si elle savait le moment de l'affrontement inéluctable et le dénouement douloureux. L'expression de son regard et ses traits creusés, qu'il ne voulait pas voir plus longtemps, provoquèrent la réaction d'Ahorn. D'un bond il fut près d'elle, la pointe des bâtons qu'il tenait par le milieu de la hampe appuyée sur le côté de chaque sein, juste assez pour piquer et percer légèrement la robe sous la cape.

– Donne celui-là ! dit-il. Donne !

Elle pâlit davantage. Livide.

– Donne ! Ene'a donne celui-là ! gronda Ahorn d'un ton dur.

La colère flamba dans les yeux chavirés d'Ene'a. Elle comprit qu'il ne le tuerait pas tout de suite, que s'il le faisait, il perdrait lui aussi son souffle sous les épieux et les bâtons des Ohisihan et serait emporté par Okough avec l'enfant, tous deux liés dans l'invisible pour longtemps.

Elle dénoua les pattes de la peau de chèvre sous son cou et sur sa taille, fit glisser sur sa hanche le ballot contenant l'enfant. Ahorn planta un des bâtons dans la boue, garda l'autre pointé contre le flanc de la femme ; d'une main il attrapa l'enfant empaqueté en évitant de croiser son regard ahuri et le serra sous son bras.

– Marche !

Il la piqua du bâton, la poussa dans l'eau qui lui monta à mi-cuisses. Il fit passer le bâton dans la main qui coinçait le balluchon contre sa hanche, reprit celui planté dans la boue et avança dans l'eau gluante, derrière elle.

L'enfant gigotait, pleurnichait, mais Ahorn ne voulait ni le sentir ni l'entendre.

Au milieu du marais, l'eau atteignit la taille d'Ene'a et le haut des cuisses d'Ahorn. Ils avançaient dans le seul bruit scandé des remous qui formaient un sillage bouillonnant derrière eux et propageaient sur toute la surface des vagues ondoyantes qui s'amenuisaient jusqu'à la rive herbeuse. Les Ohisihan n'avaient pas bougé, deux debout, le troisième accroupi. Un nuage d'oiseaux piailleurs couvrit le ciel un instant et le traversa vers l'opposé des montagnes.

À chaque pas, Ahorn avait l'impression que la boue glaciale qui s'insinuait entre ses orteils l'aspirait inexorablement et que le sol ferme sous la vase allait se dérober. Qu'Ene'a lui ouvrît le chemin ne le rassurait pas. Les mains de l'enfant sorties de la peau de chèvre traînaient dans l'eau et sa tête retombait en avant, frôlant la surface. Il ne geignait plus, ses yeux exorbités fixaient les reflets et les friselis au ras de son nez, comme s'il était fasciné par le spectacle.

Ils suivaient une ligne droite coupant par le milieu l'étendue fangeuse, et il était facile de voir où ils se dirigcaient. Quand ils ne furent plus qu'à quelques pas de la berge, Ahorn se retourna. Les Ohisihan n'avaient pas bougé. Celui qui se tenait accroupi se redressa et Ahorn reconnu Ahogan.

De nouveau sur la terre ferme, dans les herbes, Ahorn brandit l'enfant au-dessus de sa tête, afin que les Ohisihan le voient, et il cria à pleins poumons :

– Han-Ohisihan ! Ahorn est plus fort que Han-Ohisihan ! Okough le dira !

Il repoussa Ene'a qui s'approchait, garda l'enfant léger et mou sous son bras.

– Marcher encore ! dit-il.

Cette fois, il passa devant elle, comme s'il ne la voyait plus, pas plus qu'il ne voulait voir l'enfant, ne craignant plus désormais de la laisser derrière lui et ne craignant pas davantage la présence des Ohisihan qui s'étaient remis en marche et à qui il n'accorda pas un coup d'œil.

Ahorn marcha ainsi à travers les prés et les collines, descendant les pentes parsemées d'arbres en se tenant à l'écart des boqueteaux trop serrés, gravissant les faibles coteaux. Elle allait derrière lui, ou bien parfois le rejoignait pour s'assurer que l'enfant ballotté et secoué ne se trouvait pas en trop vilaine posture. Les Ohisihan les suivaient, à l'écart, tantôt loin en arrière, tantôt à leur hauteur. Ils semblaient les accompagner.

La lumière du jour changea, sous la grande paupière du ciel qui se fermait peu à peu. La pluie avait cessé avant qu'ils ne traversent le marais, mais le vent courait plus fort et brassait les herbes et emmêlait la chevelure de la femme et des hommes sur le coteau nu.

Ahorn hâta encore le pas dans les derniers moments de la courte grimpée, comme si toute la fatigue accumulée en lui, plutôt que de l'écraser le stimulait. Une ardeur nouvelle avait redressé son corps quand il franchit la barre du hallier agité par le vent.

Et là-bas où coulait la rivière, dans l'évasement des ondulations finissantes, les huttes ohihani se dressaient sur l'autre rive, leurs fumées s'élevaient, rabattues au-dessus des toits de peaux.

Il se tint un long moment immobile, immense et droit, les yeux mi-clos. Sa cape et ses cheveux fouettés par le vent avaient la couleur des feuilles tombées. Alors de sa poitrine monta l'élan d'un cri que les paroles d'Ene'a coupèrent net :

– Mon nom est Mah-Ohisihan ! Ce n'est pas un nom pour les Ohihani !

Elle répéta cette parole-là, *mon*, qui n'était pas une parole ohihani.

Ahorn tourna la tête vers Ene'a. Une longueur de bâton les séparait.

La douleur qui monta alors sommeillait depuis longtemps dans son corps mais ce n'était pas dans sa chair qu'il la ressentait. Ce n'était peut-être pas une douleur. C'était quelque chose qui ne se voyait pas comme pouvait se voir le signe incisé dans la peau au bas de son ventre et qui attestait de sa force parmi les hommes, quelque chose qui pourtant était plus profond et serait encore là quand sa peau serait vieille comme une écorce épaisse sur l'entaille faite par une pierre. Il le savait, il le sut à l'instant même où cela se levait en lui, comme il savait qu'il lui faudrait beaucoup de jours et de nuits et de temps froids et de temps chauds pour trouver un nom à cela, ou que, peut-être, il ne le trouverait jamais, pas même quand son souffle retournerait à la terre et aux nuages. Mais tout ce qu'il savait et n'oublierait pas, c'était que ce quelque chose sans nom était venu des yeux rieurs et terribles d'une femme, Ene'a, de cette femme-là et pas d'une autre.

– C'est maintenant la parole d'Okough, dit-il.

Jusqu'à ce que sa peau devienne frippée, si elle le devenait, si Okough le voulait comme il avait voulu lui donner sa force, il garderait derrière les yeux le visage d'Ene'a au moment où il se détourna d'elle pour s'élancer en poussant un hurlement formidable.

Elle courait derrière lui, criant elle aussi, mais il ne voulait pas la voir, il ne voulait pas l'entendre. Il ne voulait pas voir les Ohisihan.

Il courut et hurla jusqu'à ce que le cri, mêlé sans doute à celui de la femme, aussi haut et déchirant que le sien, franchisse le grondement de la rivière et touche les oreilles des Ohihani devant les huttes.

Il les vit se rassembler sur la rive, petites silhouettes agitées, il les vit comme s'il se trouvait déjà parmi eux, les touchait, les entendait et sentait leur odeur de fumée et de huttes, Varakh, Etaho et Liethi, et Arusi aux longues oreilles, et Notomhb, Nhei-ga, Oelo... Il vit ceux qui se dirigeaient vers l'endroit de la rivière où on peut traverser en se tenant aux perches...

Ahorn s'arrêta de courir et le cri s'arrêta avec lui, au moment où il tombait à genoux.

Il se tourna vers les coteaux, dos à la rivière et

posa l'enfant dans la peau de chèvre devant lui, sur l'herbe.

Ene'a ouvrait de grands yeux, essoufflée, la poitrine violemment gonflée puis creusée. Des taches rouges marquaient les pommettes de son visage blême. Elle vacilla et, comme lui, dans un même abandon du corps, tomba à genoux.

Prostrés, les épaules basses, ils attendirent que le souffle leur revienne et que les violentes brûlures s'éteignent au fond de leur gorge.

Parmi les Ohisihan arrêtés un peu plus loin, seul Tohki resta debout, penché en avant, les deux mains sur son long bâton.

Ahorn posa les yeux sur Han-Ohisihan revenu, et il dégagea l'enfant de la peau de chèvre qu'il lança derrière lui.

– Ahorn est la parole forte d'Okough, de toutes les choses et de tous les gens invisibles, dit-il à Han-Ohisihan.

L'enfant nu et blafard tremblait sous le vent froid. Il se tint debout un instant sur ses jambes osseuses à la peau plissée et aux genoux massifs qui se touchaient, regarda autour de lui, eut un mouvement vers Ene'a, mais ses jambes plièrent et il tomba assis.

Ahorn posa ses deux bâtons sur le sol, le talon de la hampe à sa hauteur et la pointe à la hauteur de Han-Ohisihan. Il le regarda en face, regarda son visage qui paraissait encore plus vieux que la veille, son menton fuyant qui tremblait, sa bouche ouverte sur un filet de salive. L'enfant grelottait et soutenait son regard, et il y eut comme la trace d'un sourire sur ses lèvres plus fines qu'une coupure sombre, l'esquisse d'un mouvement pour aller vers lui en rampant.

Ahorn gronda.

L'enfant resta assis, murmurant des sons graves, puis se tut, sans cesser de fixer Ahorn de ses yeux trop grands et trop vieux, avec au profond de leur ombre un tueur accroupi et souriant...

Ahorn retira sa cape, la posa à côté de lui. Balançant le poids de son corps sur un genou, puis sur l'autre, il retira la bande de peau de son pagne. Il était nu lui aussi, comme Han-Ohisihan, le ventre offert et la marque de sa force sur la peau. Il dit :

– Ahorn a entendu beaucoup de paroles. Certaines disaient ce qu'a fait Han-Ohisihan, ce qu'un homme, parmi tous les gens qui sont des hommes, ne doit pas faire. D'autres paroles disaient que Han-Ohisihan savait parler aux gens invisibles, et qu'il n'a pas fait ce que les Ohihani disent qu'il a fait. *Moi*, Ahorn, je dis que ces paroles-là sont celles de Han-Ohisihan, par la bouche mauvaise *okough*, mises dans la bouche de cette femme prise aux Ohihani. Ahorn tuera ces paroles et prendra le souffle de Han-Ohisihan revenu. Et Han-Ohisihan, devant Ahorn, quittera son corps d'enfant vieux et ne reviendra plus. S'il revient encore, Ahorn fort de la parole d'Okough le tuera encore et encore, et encore, et il ne restera plus un seul petit souffle dans les nuages et la terre pour Han-Ohisihan avec les gens invisibles.

Il dit cela.

Puis il le répéta bouche close, les yeux sur Han-Ohisihan.

Le froid descendit sur lui, entra sous sa peau, dans son ventre et sa poitrine, et avec le froid une peur sourde, car il ne savait pas si c'était le souffle froid du vent sur la terre ou celui des paroles bourdonnantes de Han-Ohisihan, qui s'élevait dans sa tête.

Il appela Okough de toute sa force.

La nuit comme un oiseau descendit en cercles lents et se posa sur la terre.

Ahorn gardait les yeux ouverts.

La nuit tourna sans fin et Ahorn gardait les yeux ouverts.

Il vit l'éclat tremblant du feu glisser sur les herbes et poser son ombre sur la tache livide du corps recroquevillé de Han-Ohisihan puis glisser sur la silhouette tassée d'Ene'a – mais il ne bougea pas, il ne tourna pas la tête vers le feu derrière lui.

Dans un repli de cette nuit-là, les loups hurlèrent. Ahorn entendit monter leurs cris du grand froid de son ventre à celui de sa tête. Il comprit que les *ar'akoû* portaient la voix d'Okgha le Rêve jusqu'à lui, et peu à peu sa peur s'estompa.

Elle s'approcha, venant de très loin, dans la lumière hurlante du matin venteux. Une femme qui se traînait sur ses genoux. Une femme dont il avait trouvé le nom après l'avoir cherché parmi tous les autres noms qui flottent à la surface de la terre ; puis il l'avait perdu. Il aurait voulu ouvrir la bouche et lui parler, mais il en fut incapable, ses lèvres étaient collées sur ses dents et ses dents avaient disparu, tout son corps avait disparu, même s'il pouvait le voir encore en dedans de ses yeux, qui avaient disparu eux aussi. Il avait des paroles pour elle, mais elles avaient disparu.

Ene'a se pencha sur l'enfant couché face contre terre, tendit la main vers lui. Un grondement tomba de la bouche serrée d'Ahorn, qui la fixait de ses yeux brûlants et vides. Elle posa la main sur l'enfant, le retourna doucement, regarda son visage vieux qui était le visage de Han-Ohisihan. Quand ses larmes comme les gouttes rares et lourdes d'une pluie chaude tombèrent dans les yeux ouverts de l'enfant sans qu'ils cillent, sur ses pommettes ridées sans qu'elles frémissent et dans sa bouche édentée sans qu'elle se ferme, Ene'a recula jusqu'aux herbes froissées où elle avait attendu une grande partie du jour et toute la nuit, et elle regarda Ahorn agenouillé, nu, rigide, elle essaya d'attraper son regard. Mais Ahorn avait le regard vainqueur d'Okough et il ne la voyait pas, il ne voyait que la partie fuyante et vaincue d'Okough.

Elle se mit debout.

Elle regarda encore Ahorn, mais il ne leva pas les yeux sur elle, il avait, étrangement, le visage qu'elle lui avait vu un jour, et ce sourire jamais retrouvé... Il ne s'enfuit pas pour se cacher d'elle.

Elle regarda les Ohihani autour du feu éteint, ceux qui avaient traversé la rivière, Liethi et Etaho, les derniers hommes des huttes ohihani, et Ohrao délivré de son silence *nokh*, la bouche et le nez sanglants et les lèvres libérées de la fiche d'os et de la lanière qui les cousaient encore avant la montée du jour.

Elle se détourna, marcha vers les Ohisihan qui l'attendaient, foulant les herbes d'un pas incertain. Arrivée près d'eux elle s'arrêta un moment, puis ils s'en furent et elle les suivit.

14

La neige était tombée du commencement à la fin d'un jour, puis toute la nuit et jusqu'au milieu du jour suivant, ce qui aurait pu être un mauvais signe d'Okough. Mais avant la fin de ce jour-là, Etaho trouva les traces d'un grand troupeau de chevrettes et de chevreuils sur lc sol blanc, presque en lisière de forêt, à un cri de marche des huttes.

La neige était un très bon signe.

Les Ohihani tuèrent de nombreuses chevrettes pour pouvoir manger longtemps, et il y eut encore beaucoup de jours de soleil après qu'Ahorn eut délivré les Ohihani du regard mauvais d'Okough.

Ahorn avait fait ce qu'il avait fait et vaincu par sa force Han-Ohisihan le chasseur de femmes. Après cela il était devenu un autre, différent de celui venu des huttes anâanni avec le signe de sa force au bas du ventre.

Il dormit et mangea. Il resta longtemps sans parler. Quand il parla de nouveau, ce fut pour s'adresser à Ohrao qu'il avait délivré des entraves *nokh*. Il parla longtemps avec Ohrao. Et Ohrao qui était le dernier des trois hommes *nokh* touchés par le regard mauvais d'Okough ne répéta jamais ses paroles mais par la suite il l'évita. Ohrao au nom retrouvé dit qu'Ahorn était trop fort, maintenant, pour les Ohihani : il avait fait ce que les hommes ne doivent pas faire, il avait été désigné pour cela, et pour cela il était différent des autres hommes.

Varakh et Arusi aux longues oreilles approuvèrent les paroles d'Ohrao.

La seule qui ne s'en écartait pas, qui ne le craignait pas – il n'avait même pas besoin d'aller vers elle –, était la vaste Notomhb aux joues marquées du signe des nuages.

Un matin, ils trouvèrent la couche d'Ahorn vide.

Ceux de la hutte où il dormait depuis qu'il avait retraversé la rivière ne l'avaient pas entendu partir, mais il était parti, comme un jour étaient partis les chasseurs de femmes. Il avait pris ses capes de petites fourrures, ses bâtons à lancer, le long et lourd, et les courts plus légers, sa poche de peau contenant les pierres coupantes et ce qu'il faut pour le feu, le galet plat percé sur lequel il avait gravé avec une pierre dure, comme un autre avant lui l'avait fait, des lignes pour parler aux gens invisibles et qui montraient l'image d'un corps de femme.

Il était parti. Et avec lui Notomhb.

Mais elle fut de retour avant le soir, disant que cet homme allait à trop grandes enjambées pour elle, comme s'il voulait marcher plus vite que l'eau de la rivière.

DU MÊME AUTEUR

Transit
Robert Laffont, 1977

Les Mangeurs d'argile (vol. 1)
« Pocket », n° 5126, 1981

L'Été en pente douce
Fleuve noir, 1981

L'Unique Rebelle
Rageot, 1982

Mourir au hasard
Denoël, « Présence du futur », 1982

Les Pieds dans la tête
Calmann-Lévy, 1982

Pour un cheval qui savait rire
Rageot, 1982

La Nuit sur terre
Denoël, « Sueurs froides », 1983
« Pocket Terreur », n° 9171

Le Père de feu
Pocket, n° 5173, 1984

Noires Racines
Denoël, « Sueurs froides », 1985

Fou dans sa tête de nazi
Jones Belladone et compagnie
« Fleuve noir », n° 1463, 1986

Si loin de Caïn
Flammarion, 1988

Canyon Street
Denoël, « Présence du futur », n° 265, 1989

Le Rêve de Lucy
en collaboration avec Yves Coppens
et Tanino Liberatore
Seuil, « La Dérivée », 1990
et « Points », n° P402

Une jeune fille au sourire fragile
Denoël, « Présence du fantastique », n° 20, 1991

Le Bonheur des sardines
Denoël, « Sueurs froides », 1993

Delirium circus
« J'ai Lu », n° 773, 1993

Ce soir, les souris sont bleues
Denoël, 1993

La Guerre olympique
Denoël, 1994

Une autre saison comme le printemps
Denoël, « Présences », 1995

Vincent, le chien terriblement jaune
« Pocket-Kid », 1995

Les caïmans sont des gens comme les autres
Denoël, 1996

Le père Noël s'appelle Basile
Syros, 1996
et « Souris noire », n° 17

Messager des tempêtes lointaines
Denoël, « Présence du futur », n° 566, 1996

Le Sourire des crabes
Destination crépuscule, 1997

Qui regarde la montagne au loin
Sous le vent du monde I
Denoël, 1997
Gallimard, « Folio », n° 3031

La Peau de l'orage
Fleuve noir, 1997

Le Nom perdu du soleil
Sous le vent du monde II
Denoël, 1998

Les Mangeurs d'argile
Denoël, « Présence du futur », n° 585, 1998

Saison de rouille
Denoël, « Présence du futur », n° 586, 1998

La Fille de la hache-croix
Magnard, 1998

La Forêt muette
Verticales, 1998

Soleil hurlant
Denoël, « Présence du futur », n° 591, 1998

L'Assassin de Dieu
Destination crépuscule, 1998

Les Barreaux de l'Eden
Destination crépuscule, 1998

Hanuman
Denoël, 1998

Les Pirates du Graal
Fleuve noir, « SF Mystères », n° 53, 1998

Sierra brûlante
« Pocket-Junior », n° 450, 1999

Debout dans le ventre blanc du silence
Sous le vent du monde III
Denoël, 1999

Le chien qui courait sur l'autoroute
Denoël, « Présence du futur », n° 602, 1999

Ce chasseur-là
Denoël, « Présence du futur », n° 606, 1999

COMPOSITION : I.G.S. CHARENTE-PHOTOGRAVURE À L'ISLE-D'ESPAGNAC
IMPRESSION : S. N. FIRMIN-DIDOT AU MESNIL-SUR-L'ESTRÉE
DÉPÔT LÉGAL : JUIN 1999. N° 34908 (47036)